あなたのしたいこと、すべて

葉月奏太

JN118637

イースト・プレス 悦文庫

目次

あなたのしたいこと、すべて

第一章　運命の出会いは屋上で

1

車窓から朝の眩《まばゆ》い陽光が射《さ》しこんでいる。

四月に入り、だいぶ暖かくなってきた。日の当たる窓際に立っていると、腋《わき》の下がじんわり汗ばむほどだ。車内は暖房が効きすぎているが、誰も文句を言わないのはなぜだろうか。

石見健作《いしみけんさく》は出勤のため満員電車に揺られている。ドアの前に立ち、窓ガラスに力なく寄りかかっていた。

カーブに差しかかるたび、背後に立っている中年のサラリーマンが体重を浴びせてくるのが不快でならない。健作が身をよじると、中年男は自分がぶつかってきたくせにあからさまな舌打ちをした。

（なんだよ……）

腹のなかでつぶやくだけで、実際に口に出すことはない。

この春で就職して四年目に突入したが、朝の通勤ラッシュはいまだに憂鬱《ゆううつ》だった。

十八のとき、大学進学を機に実家のある山梨県から上京した。以来、ずっと東京に住んでいる。勤めているのはオフィス用品を専門に扱う商社だ。それなりの大学を出て、それなりの会社に就職した。当初はいいところに滑りこめたと喜んでいた。

ところが、今はなにか違うと感じている。なにをやっても空まわりで、課長に叱《しか》られてばかりだ。先日もほかの社員がいる前で怒鳴られて、すっかりいやになってしまった。

気づくと二十五歳になっていた。

無理をしてまで、やる価値のある仕事なのか。もっと自分に適した仕事があったのではないか。今なら、まだやり直しが利くのではないか。

毎朝、満員の通勤電車に揺られながら、同じことを考えている。

転職するなら早いうちだ。動くなら今しかない。そう思うが、行動に移す勇気はなかった。

時間ばかりが無駄にすぎていく。結局、なにもできないまま、年を取るのかもしれない。

（転職しても、うまくいくとは限らないよな……）

ため息を漏らして、窓の外に視線を向ける。

いつもの踏切を通過して、いつもの看板広告をぼんやり眺める。見慣れた景色があっという間に流れていく。

（毎日、同じことのくり返しだ……）

そんなことを思ったとき、ふと見慣れない光景が目に入った。

雑居ビルの屋上に、ひとりの女性が立っている。グレーのコートを着ており、両手で柵《さく》をつかんで顔をうつむかせていた。

（あの人、なにを……）

離れているので、表情は確認できない。

一瞬で通過してしまったが、なにかを思いつめているように見えた。悩みを抱えて、ビルの屋上に立っていたのではないか。いや、自分の気分が落ちているから、そう見えただけかもしれない。

（でも……）

いやな予感がする。

電車のなかを見まわすが、先ほどの女性に気づいた人はいないようだ。他人のことなど、誰も気にしていなかった。

本当に彼女が悩みを抱えていたとしたら。そして、人生に絶望して、すべてを終わらせたいと思っていたとしたら。最悪の事態をとめられるのは、自分しかいないことになる。

（いや、まさかそんなはず……）

心のなかで笑い飛ばそうとする。

さすがに考えすぎだろう。ただ外の景色を眺めていただけではないか。そう思おうとするが、どうしても気になってしまう。

（万が一ってことも……）

胸騒ぎが大きくなってくる。

そのとき、車内アナウンスが流れた。もうすぐ、電車が駅に到着する。やがて電車がスピードを落として、ホームに滑りこむ。健作が降りる駅は、もうひとつ先だ。

もし、彼女の身になにかあったとしたらどうだろう。そして、そのニュースをあとで目にすることがあったら、後悔するのは間違いない。

健作は悩んだすえ、ドアが開くと同時にホームへ飛び出した。

人波に流されるまま改札口を抜けると、線路沿いの道を走っていく。すぐ近くだと思っていたが、意外と離れている。電車のなかから見えた雑居ビルにたどり着いたときは、全身汗だくになっていた。

飲食店などが入っている六階建ての雑居ビルだ。歩道から見あげても屋上の様子は確認できない。とにかく、エレベーターに乗りこんで〝R〟のボタンを連打した。

（もう、いないだろうな……）

上昇するエレベーターのなかで、ふと思った。

見ず知らずの女性のために、なにを必死になっているのだろうか。電車のなかから、雑居ビルの屋上に佇《たたず》む姿を見かけただけだ。それなのに勝手に妄想をふくらませて、ひとりで心配をしていた。そんな自分の行動が滑稽《こっけい》に思えて苦笑が漏れる。

エレベーターが到着してドアが開いた。

眩《まぶ》しさに目を細めながら屋上に出る。コンクリートの地面がひろがっており、周囲に柵が張りめぐらされていた。

（あっ……）

そのとき、女性のうしろ姿が目に入った。

グレーのコートを着ている。両手を柵にかけて、淋《さび》しげにうつむいていた。電車から見えた女性に間違いない。朝の景色を眺めているのではなく、思いつめているようにしか見えなかった。

ふと女性が顔をあげて、柵のほうに身を乗り出す。

「ダ、ダメですっ」

頭で考えるより先に体が動いた。

健作は慌てて駆け寄ると、女性を背後から抱きしめる。そして、懸命に柵から引き離した。

「きゃっ……」

小さな声が聞こえるが、健作は決して手を放さない。

「い、いけません。落ち着いてくださいっ」

とにかく、必死の説得を試みる。

衝動的に飛び降りる可能性もあるので、いっそう強く抱きしめる。最悪の事態だけは避けたかった。

「あ、あの……」

「俺が話を聞きます。だから……だから、早まらないでくださいっ」

「は、早まるって……なにか勘違いされていませんか」

女性が遠慮がちに口を開いた。

暴れるわけでもなく、口調も落ち着いている。自ら命を絶つほど思いつめている感じもしなかった。

「もしかして、わたしが飛び降りるとでも……」

「えっ、違うんですか」

健作は思わず女性の肩ごしに尋ねる。すると、彼女はとまどいながらもこっくりうなずいた。

「ちょっと、考えごとをしていただけです」

「俺は、てっきり……」

早とちりをしていたと気づき、急に恥ずかしくなってしまう。健作は言葉がつづかなくなり、黙りこんだ。

「あの……手を……」

しばらくして、彼女が小声でつぶやいた。

いったい、なにを言っているのだろう。首をかしげた直後、右手に柔らかいものが触れていることに気がついた。

(なんだ、これ……)

指を曲げると、いとも簡単に沈みこんでいく。

蕩《とろ》けそうなほど柔らかい。まさかと思いながら、恐るおそる彼女の肩ごしにのぞいてみる。すると、右手がコートのなかに入りこみ、ブラウスの上から乳房のふくらみに重なっていた。

(こ、これって……)

顔から血の気が引いていく。

見知らぬ女性に背後から抱きついたうえ、服の上からとはいえ乳房に触れている。しかも、指先がしっかり柔肉にめりこんでいた。

(お、おっぱい……おっぱいに触ってるんだ)

まだ童貞の健作にとって、これほど衝撃的なことはない。

一度も女性とつき合ったことがなく、ナマの乳房を見たこともないのだ。それなのに、布地ごしに乳房に触れている。しかも、柔肉に指をめりこませている。

手のひらに感じる硬い部分は、おそらくブラジャーのカップだ。

（ま、まずい……）

額に冷や汗が浮かび、こめかみを流れ落ちていく。

焦るばかりで身動きが取れない。そのとき、シャンプーの甘い香りが鼻孔をくすぐった。気づいたときには、顔を女性の首すじに寄せる格好になっていた。艶《つや》やかな黒髪が頰《ほお》を撫《な》でて、ますます緊張が高まった。

ひどく危険な状況だ。叫ばれても仕方がない。彼女が痴漢されたと主張したら、一発でアウトだ。

「す、すみませんっ」

ようやく手を引き抜くと、健作はうしろに飛び退《の》いた。

「ち、違うんです。こ、これは、その……」

動揺するあまり、しどろもどろになってしまう。

彼女の手を柵から引き離そうとしているうちに、右手がコートの内側に入ってしまったらしい。故意ではないが、信じてもらえるかわからない。説明したところで、言いわけにしか聞こえないのではないか。

「わ、わざとじゃなくて……ぐ、偶然、手が……」

本当のことだが、なにを言っても嘘《うそ》っぽくなってしまう。

焦れば焦るほど、うまく言葉が出てこない。彼女はこちらを振り返り、無言でまっすぐ見つめている。視線が重なると、まったく予想していなかった別の感情が湧《わ》きあがった。

（な、なんて、きれいなんだ……）

湖のように澄んだ瞳《ひとみ》に惹《ひ》きつけられる。

健作は思わず目を見開いていた。内心、激しく動揺しながら、全身の筋肉が硬直して動けない。彼女の顔を見つめたまま、視線をそらすことさえできなくなっていた。

年のころは三十代なかばといったところだろうか。まるで彫刻のように整った顔立ちをしている。肌理《きめ》の細かい白い肌と、肩にかかる黒髪のコントラストが見事としか言いようがない。

こんな状況だというのに見惚《みと》れそうになってしまう。健作は気力を振り絞って言葉を紡いだ。

「さ、さっき、電車から見えたんです」

「電車から……ですか」

彼女は不思議そうに首をかしげる。

そのとき、ちょうど電車が走ってきた。健作が思わず視線を向けると、彼女もつられたように見おろした。

「電車に乗っていたのですか」

「はい……そうしたら、窓からあなたの姿が見えて……」

健作は頬をひきつらせながら答える。

――飛び降りるのかと思った。

という言葉は呑《の》みこんだ。

自殺を疑われるのは気分がよくないだろう。よけいなことは口にするべきではないと思った。

妙な沈黙が流れる。

健作は顔をこわばらせて立ちつくす。これ以上しゃべると、なおさら言いわけがましくなってしまう。

彼女は無言で、線路をじっと見つめている。どこか淋しげで、瞳がしっとり潤んでいた。

「わたしのほうこそ、勘違いさせてしまってごめんなさい」

しばらくして、彼女が静かに口を開く。その声が申しわけなさそうで、健作はかえって恐縮してしまう。

「い、いえ、そんな……俺が勝手に早とちりしただけですから」

「ビルの屋上にぼんやり立っていたら、おかしいと思いますよね」

消え入りそうなほど小さな声になっていた。

どうやら、痴漢の疑いは晴れたらしい。しかし、今度は彼女の元気がないことが気になった。

「もしかして、なにかあったんですか」

よけいなことと思いつつ、尋ねずにはいられない。

飛び降りることは考えていないとしても、思いつめているのではないか。なにか悩みを抱えている気がしてならない。

「どうして……そんなことを聞くんですか」

彼女が静かな声で、しかし、少し驚いた顔でつぶやいた。

「こうして知り合ったのも、なにかの縁っていうか……誰かに話して楽になることもあるんじゃないかと思って」

どこかで耳にしたことがある言葉を口にする。自分で言って照れくさくなるが、彼女は微《かす》かな笑みを浮かべた。

「やさしいんですね」

そうつぶやくと、気持ちを整理するようにいったん黙りこむ。そして、意を決したように再び口を開いた。

「聞いてもらってもいいですか」

なにやら、おおげさなことになってきた。

深刻な話にならないだろうか。健作は内心身構えながら、彼女の目を見てうなずいた。

「じつは、夫が浮気をしていたんです」

彼女が静かに語りはじめる。

いきなり、浮気という単語が出て、健作は逃げ出したくなった。女性と交際した経験すらないのに、そんな重い話をされても答えられない。しかし、彼女は悲しげな表情で語りつづける。

「前々から怪しいと思っていたけど、ずっと黙っていました。でも、どうしても気になって尋ねたら、夫が怒ってしまって――」

無理に感情を抑えているのか、淡々とした口調で語っている。

昨夜、夫は残業だと言って帰宅しなかったという。さすがに我慢できず、朝帰りした夫に、浮気をしているのではないかと詰問したらしい。

「図星を指されて、逆上したみたいで……いきなり頬を張られたんです」

最後のほうは涙まじりの声になっていた。

驚いて彼女の顔を見ると、確かに左の頬がほんのり赤くなっている。平手打ちの痕《あと》に間違いない。

「それって、DVじゃないですか」

つい口を挟んでしまう。

平手打ちをされたと聞いて、黙っていられなかった。浮気をしておきながら逆ギレするとは最低だ。

「もっと早くに、夫婦で話し合うべきでした。でも、夫を信じたくて……」

そこまで話すと、彼女はうつむいて指先で目もとを拭《ぬぐ》った。

健作は言葉を失って黙りこむ。こんなとき、どんな言葉をかければいいのだろうか。女性とまともにつき合ったことのない健作に、気の利いたことなど言えるはずがなかった。

「た、大変なんですね……」

そうつぶやいた直後、間抜けなことを言ってしまったと後悔する。だが、それくらいしか思いつかなかった。

「あなたの言ったとおりでした」

彼女は顔をあげると、まっすぐ見つめてくる。そして、目に涙をためたまま、口もとに微笑を浮かべた。

「話を聞いてもらって、少し気が楽になりました。ありがとう」

「い、いいえ、お礼を言われるほどのことは……」

健作は困惑してつぶやいた。

「お話、できてよかったです。なんとなく仕事に向かう気分になれなくて、ここから景色を眺めていたんです」

「あっ、仕事……」

彼女の言葉ではっとする。腕時計に視線を落とすと、もうすぐ午前九時になるところだ。

「お時間、大丈夫ですか」

「え、ええ、まあ……」

気を使わせないように、ごまかそうとする。だが、課長の怒っている顔が脳裏に浮かび、頬の筋肉がひきつった。

「ごめんなさい。わたしのせいで間に合わなくなってしまったのですね」

申しわけなさそうな顔で彼女が謝罪する。

「怒られ慣れているから……」

笑い飛ばそうとするが、頬はひきつったままだった。

遅刻して出勤することを考えると気が重くなる。課長のことだから、またみんなの前で怒鳴り散らすに違いない。

「会社は近くなのですか」

「隣駅から歩いてすぐのところです」

健作が答えると、彼女は目をまるくする。

「もしかして、わざわざ手前の駅で降りたのですか」

「はい。でも、俺の早とちりでした。はははっ」

今度はうまく笑うことができた。

彼女と話していると、不思議と心が癒《いや》される。苦手な課長のことも、今は気にならなかった。

「わたし、このビルでコーヒー専門店をやっているんです。今度よかったら寄ってください」

彼女はそう言って、バッグから名刺入れを取り出した。

黄色い革製の名刺入れだ。白くてほっそりした指で名刺を抜き取り、そっと差し出した。

「ど、どうも、ご丁寧に……」

健作も慌てて名刺を取り出して交換する。

――陽《ひ》だまり珈琲店《コーヒーてん》　里村真雪《さとむらまゆき》
彼女の名刺にはそう書いてあった。

「小さい喫茶店ですけど、陽だまりみたいに暖かい場所になればいいなと思ってつけました。わたしひとりなので、お気軽にいらしてください」

そう語る彼女の瞳はキラキラと輝いていた。

陽だまり珈琲店はこのビルにテナントとして入っており、彼女がひとりで切り盛りしているという。

(里村真雪……さん)

心のなかで名前を呼ぶと、それだけで気分が高揚する。惹かれる気持ちがますます強くなった。

「いいお名前ですね」

思ったことをそのまま口にする。喫茶店ではなく真雪の名前のことだが、彼女には伝わっていないようだ。

「ありがとうございます」

真雪はうれしそうな笑みを浮かべる。その顔が魅力的で、健作はすっかり心を奪われていた。

「健作さん……」

ふいに名前を呼ばれてドキリとする。たったそれだけで頭の芯《しん》が痺《しび》れて、なにも考えられなくなった。

「会社、大丈夫ですか。引きとめてしまってごめんなさい」

真雪の言葉で我に返る。

のんびりしている場合ではない。すでに遅刻が決定しているのだ。健作は名刺をポケットにしまうと彼女に視線を向けた。

「じゃあ、これで……」

「お時間ができたときに、いらっしゃってくださいね。ぜひ、お礼をさせてください。お待ちしています」

真雪の言葉が耳に流れこみ、胸に温かいものがひろがっていく。

本心から言っているのが伝わり、思わず照れ笑いが漏れる。急に顔が火照りはじめて、赤くなるのを自覚した。

「はい……いつか必ず」

健作は頭をさげると背中を向ける。そして、振り返りたいのをこらえてエレベーターへと急いだ。

2

雑居ビルから外に出ると、頭上から朝の陽光が降り注ぐ。急に現実に引き戻された気持ちになり、焦りが胸のうちにひろがった。

(や、やばい……)

腕時計を見やると、すでに始業時間を十分もすぎていた。

暑くもないのに全身の毛穴から汗がどっと噴き出す。慌てて歩道をダッシュして駅に向かった。

ホームに駆けあがるが、ちょうど電車が出てしまう。急いでいるときに限って間に合わない。焦っても仕方ないが、焦らずにはいられない。ようやくやってきた電車に飛び乗り、次の駅で降りると再び会社まで全力疾走した。

汗だくになって会社に到着する。

とにかく、遅刻して出社したことを課長に報告しなければならない。考えるだけで胃がキュウッとなるが、避けては通れない道だ。健作は営業部の事務所に入ると、まっすぐ課長席に向かった。

「す、すみません、遅刻しました」

額の汗を手の甲で拭いながら報告する。

課長の長岡《ながおか》はパソコンの画面を見つめたままだ。聞こえているはずなのに、なにも答えようとしなかった。

「め、目覚まし時計が壊れて……それで、寝坊しました」

電車のなかで考えた理由を、恐るおそる口にする。とたんに長岡が椅子《いす》から立ちあがった。

「なに考えてるんだ。前代未聞だぞっ」

怒鳴り声が営業部のフロアに響きわたる。

「ただでさえ、おまえは営業成績が悪いんだ。それなのに、寝坊して遅刻するなんてありえないだろ」

「は、はい……す、すみません」

健作は畏縮《いしゅく》して、それ以上なにも言えなくなってしまう。

長岡はまだ怒鳴りつづけている。内容は頭に入ってこない。ただ、この地獄のような時間が早く終わることだけを願っていた。

健作は遅刻した本当の理由を言わなかった。

屋上に立っている真雪を見かけて心配になり、途中下車して雑居ビルに向かった。もしかしたら、飛び降りるのではないかと思ったのだ。だが、健作の勘違いだった。

そんなことを長々と報告しても、怒られることに変わりはない。課長と接する時間を少しでも短くしたくて、遅刻した理由を寝坊にした。

長岡の怒りはなかなか収まらない。

悪いのは遅刻した自分だが、よくこれほど怒鳴れるものだ。健作は課長席の前に立ち、頭をさげつづける。同僚たちは気を使ってこちらを見ないようにしているが、声はすべて聞こえていた。

今はダメ社員のレッテルを貼《は》られているが、入社当初からこうだったわけではない。最初はやる気に満ち溢《あふ》れており、営業も苦手なりにがんばった。やがて営業成績が少しずつあがり、当時の課長は評価してくれた。

ところが、異動で長岡が課長になってから風向きが変わった。

頭ごなしに怒鳴られて、同僚たちの前で吊《つる》しあげられた。そうやって、ほかの営業部員たちの尻をたたいていたのだ。健作はターゲットにされて、なにかと怒られるようになった。どんなにがんばっても無駄で、だんだんやる気をなくしてしまった。

「まったく、使えないやつだな。これだけ言われても悔しいと思わないのか」

長岡が苛立《いらだ》たしげに吐き捨てる。

四十代なかばにして、頭髪がかなり薄い。透けて見える地肌まで、怒りで赤く染まっていた。

「もういい。仕事しろっ」

「はい……すみませんでした」

健作はもう一度頭をさげると、自分のデスクに向かった。

課長に怒られたことより、同僚たちの冷たい目のほうがつらい。駄目なやつと思われているのがわかり、消え入りたい気分になった。

（なんだよ……）

パソコンに向かいながら、心のなかでつぶやいた。

こんなとき、笑い飛ばしてくれる仲間がいれば、いくらか救われる。実際、以前は誰かが話しかけてくれた。

しかし、最近は同僚たちから避けられている気がする。健作とかかわると、自分たちも課長に目をつけられると思っているのかもしれない。必要最低限の会話しかなくなり、健作は社内で孤立するようになっていた。

「外まわり、行ってきます」

逃げ出すように事務所をあとにする。

これ以上、あの空間にいるのは耐えられない。だからといって、転職する勇気もなく、だらだらと働いていた。

駐車場に向かうと営業車に乗りこんだ。ドアを閉めると、つい大きなため息が漏れてしまう。いやなことばかりだが、外まわりに出ればひとりになれるのが救いだった。

健作の仕事はオフィス用品の営業だ。

すでに契約している会社を定期的にまわり、コピー機のトナーや用紙などの消耗品を補充するのが主な仕事だ。それと同時に新製品の売りこみをして、注文をもらわなければならない。しかし、営業トークが苦手で、売上がまったく伸びなかった。

営業成績はほとんどの月で最下位という体たらくだ。後輩にも負けているのだから、課長に目をつけられるのも無理はなかった。

(やっぱり、俺には合ってないのかもな……)

そんなことを考えながら、営業先に向かう。

いつもより足取りが軽く感じるのはなぜだろう。真雪と出会ったことで、浮かれている自分に気がついた。

(バカだな。真雪さんは人妻だぞ)

心のなかで自分を戒める。だが、人妻であろうと真雪が気になる存在になっていた。

3

真雪と出会ってから三日が経《た》っていた。

健作は仕事を終えて帰路に就くと、隣駅で電車を降りた。時刻は午後五時をまわったところだ。めずらしく定時であがれたので、思いきって寄り道をすることにした。

疲れた顔のサラリーマンやOLたちといっしょに改札を抜けると、線路沿いの道を歩いていく。西の空はまだオレンジ色に染まっているが、すぐに暗くなるだろう。

真雪の店、陽だまり珈琲店に寄るつもりだ。

本当は出会ったその日に行きたかったが、気後れしてしまった。それに下心があると思われるのも不本意だ。いや、まったくないといえば嘘になる。だが、彼女は人妻だ。深い仲になれるとは思っていない。ただ、もう一度だけでも彼女に会いたかった。

（あそこか……）

雑居ビルの前につくと、二階の窓を見あげた。

この間は気がつかなかったが、窓に「陽だまり珈琲店」と書いてある。暗くなって店内の明かりがついたことで、文字が目立っていた。

一階は蕎麦《そば》屋で、三階から上はバーやスナックなど、いわゆる夜の店が多いようだ。健作はひとりで飲み屋に行くことがないので、なんとなく入りづらい雰囲気がある。なにか理由がなければ、まず立ち寄らない雑居ビルだ。

（よし、行くか）

思いきってエレベーターに乗り、二階のボタンを押した。

各フロアに一店舗だけという小さなビルだ。エレベーターを降りると、すぐに喫茶店のドアが見えた。

コーヒーの香ばしい匂いがエレベーターホールにも漂っている。健作は無意識のうちに大きく吸いこみながらドアに歩み寄った。

木製のドアの上半分に、小さなガラスが六つはめこまれている。そこから店内の明かりが漏れていた。微かに聞こえるのはジャズだろうか。静かな音楽が流れていた。

緊張しながらドアをそっと開いてみる。

とたんに、カランッ、カランッという音が鳴ってドキリとした。ドアの上部に真鍮《しんちゅう》製と思《おぼ》しきドアベルが取りつけられている。それが鳴って客の来店を知らせたのだ。

「いらっしゃいませ」

すぐに女性の声が迎えてくれる。

店に入ってすぐがカウンターになっており、赤いエプロンをつけた真雪が立っていた。

「ど、どうも……」

健作は頭をぺこりとさげる。

そのとき、彼女が自分のことを忘れていたらどうしようと思った。そもそも特徴のない容姿だと自覚している。営業先でも担当者に顔を覚えてもらうまで時間がかかる。真雪は一度しか会ったことがないのだから、忘れている可能性のほうが高い気がした。

そのときは、ふらりと立ち寄った客のふりをするしかない。自分からアピールするのは苦手だ。コーヒーを一杯だけ飲んで、すぐに帰ろうと思った。

「健作さん……」

目が合った瞬間、真雪の顔に笑みがひろがる。まるで蕾《つぼみ》がほころぶように華やかな表情になった。

「お待ちしていました。この間は、お話を聞いてくださって、ありがとうございました」

真雪はカウンターから出てくると、丁重に腰を折って挨拶《あいさつ》する。

白いブラウスの袖《そで》をまくって、その上に胸当てのある赤いエプロンをつけている。下半身を包んでいるのは、焦げ茶のフレアスカートだ。柔らかい笑顔と相まって、どこかほっとする雰囲気が漂っていた。

(覚えていてくれたんだ……)

ほっとすると同時にうれしくなる。健作も思わず笑顔になり、もう一度、頭をさげた。

「この間は、どうも……来ちゃいました」

口下手な健作も自然に話すことができる。

会うのが二度目ということを考えるとめずらしい。彼女が歓迎してくれるのでリラックスできるのだろうか。

「どうぞ、おかけください」

勧められるまま、健作はカウンターのスツールに腰かけた。

カウンターは一枚板のウォールナットで、厚みがありどっしりしている。六つ並んでいるスツールの表面は、濃い赤のベルベッドだ。

「コーヒーでよろしいですか」

真雪はカウンターのなかに戻り、声をかけてくる。

「はい、お願いします」

「どのような豆がお好みですか」

「えっと……コーヒーは詳しくなくて……」

自宅で飲むのは、もっぱらインスタントだ。コンビニやファミリーレストランのコーヒーを飲むときも、豆を気にしたことはない。正直なところ、味の違いなどわからなかった。

「なんか、すみません」

「お気になさらないでください。では、ブレンドにしますね」

真雪は気を悪くした様子もなく、コーヒーの準備をはじめる。まずはコーヒー豆をミルで挽《ひ》くところからだ。

（へえ、ここが真雪さんのお店か……）

健作は店内をさっと見まわした。

背後には四人がけのボックス席がふたつある。造りつけのソファの表面はスツールと同じ濃い赤のベルベットだ。

照明器具にはステンドグラスふうの傘がかかっている。オレンジがかった温かみのある光がほっとする。店内のところどころに観葉植物が置いてあるのも、心地よい空間を作るのに役立っていた。

どこか懐かしい感じがするレトロな雰囲気の喫茶店だ。

たまたまなのか、いつもこうなのか、客は健作ひとりしかいなかった。おかげで、こうして真雪を独占できる。このままふたりきりだとうれしいが、それでは経営が成り立たないだろう。

「あっ、お時間は大丈夫ですか。今さらですけど、うちはサイフォンで淹《い》れるので少し時間がかかるんです」

真雪が思い出したように尋ねてくる。

「大丈夫です。家に帰るだけなので」

健作が答えると、彼女は安堵《あんど》したようにうなずいた。

「ところで……」

今度は健作が尋ねる番だった。

「初歩的なことですみません……サイフォンって、なんですか」

コーヒーに詳しくないことは、すでにばれている。今さら格好つける必要はなかった。

「今からお見せしますね。これがサイフォンです」

真雪が微笑を浮かべながら説明してくれる。

カウンターに置いてあるのがサイフォンの器具だ。上部のガラス製の部分がロート、下部のやはりガラス製でまるい部分をフラスコという。フラスコには水が入っており、その下にはアルコールランプが置いてあった。

「まずは水を沸騰させます」

真雪は慣れた手つきでアルコールランプに火をつける。そして、ロートにフィルターをセットすると、挽き立てのコーヒーの粉を入れた。

「サイフォンだとドリップで淹れるより、香り高いコーヒーになると言われています」

水が沸騰するのを待ち、いったんフラスコを火元からはずす。そして、ロートをフラスコに挿しこみ、再び火の上に戻す。すると、沸騰した湯がロートにあがってきた。

「おっ、すごい」

健作は思わず歓声をあげてしまう。はっとして口を閉じると、彼女はやさしげに微笑《ほほえ》んだ。

「見た目が楽しいのもサイフォンのいいところです。こうやって淹れると、おいしそうに見えるでしょう」

「はい。おいしそうです」

健作はサイフォンを見つめてうなずいた。

フラスコからロートにあがった湯が、コーヒーの粉とまざり合う。まるで理科の実験を見ているようだ。こうしている間にも、コーヒーの香ばしい匂いが濃く漂いはじめていた。

「ここでは、家で飲めないコーヒーを提供したいんです。日常から離れて、ゆっくりくつろげる空間になればと思っています」

真雪が穏やかな声で語ってくれる。

なんとなく、彼女の言いたいことがわかる気がする。実際、健作は仕事のことを忘れて、サイフォンを夢中になって眺めていた。店内のレトロな雰囲気にも癒されている。まさに真雪が説明したことを体感していた。

「いいお店ですね。なんだか、ほっとします」

率直な感想を口にする。もっと褒めたいのだが、うまく表現できなかった。

「あったかい感じがするんです。なんとなく、田舎を思い出しました」

「お世辞でもうれしいです」

真雪が目を細める。サイフォンを見つめる顔が、どこか淋しげに映ったのは気のせいだろうか。

「お世辞じゃないです。本当にいいと思ったんです」

つい言葉に力が入ってしまう。すると、彼女は一瞬、驚いたように目を見開いた。

「ありがとうございます。健作さんの田舎って、どちらですか」

「山梨です。大学進学で上京したときは、都会にとまどいました」

当時のことは心に深く刻みこまれている。

はじめて満員電車に乗ったときは、このまま圧死するのではないかと本気で不安になった。二度と乗るものかと思ったが、今は毎朝、満員電車で通勤しているのだから不思議なものだ。

「わかります。わたしも地方から出てきたので……北陸の生まれなんです」

真雪は就職を機に上京したという。

互いに地方出身ということで、共感できるものがある。それだけで、ほんの少し距離が縮まった気がした。

「東京は冷たい感じがして……だから、ここだけは誰にとっても暖かい場所にしたかったんです」

そう言われて思い出す。この店は陽だまり珈琲店という名前だった。

「お店、いつからはじめたのですか」

なんとなく気になって尋ねてみる。

女性がひとりで切り盛りするのは大変だろう。しかも、真雪は既婚者だ。家庭との両立もむずかしいのではないか。

「四年前です。喫茶店をやるのが小さいころからの夢で、三十歳になったのを機に挑戦してみようと思って」

真雪が穏やかな声で教えてくれる。

だが、健作は喫茶店のことより、彼女の年齢が気になった。四年前に三十歳だったのだから、現在は三十四歳ということになる。

（九つ年上か……）

無意識のうちに自分の年と比べていた。

世間には年の差カップルもたくさんあるし、九つなら許容範囲ではないか。ついつい、そんなことを考えてしまう。

（バカだな。真雪さんは結婚してるのに……）

　ふと苦笑が漏れた。

　言葉を交わすほどに惹かれていく。だが、端《はな》から結ばれない運命だ。そもそも自分など相手にされるはずがない。

「お待たせしました。ブレンドです」

　真雪がコーヒーカップをカウンターにそっと置いた。

　ソーサーとカップは信楽焼《しがらきやき》で、やさしい感じの茶色とクリーム色のグラデーションがかかっている。そこに注がれたコーヒーが湯気をたてており、ほっとするような香りが漂ってきた。

「いい匂いですね」

　自然と声が漏れる。

　香りを嗅《か》いだだけでも、ふだん飲んでいるコーヒーとはまるで違う。飲む前から感動していることに驚いた。

（やっぱり、ブラックで飲むべきだよな……）

　ふと胸のうちでつぶやいた。

　ブラックで飲むこともあるが、どちらかというと砂糖とクリームをたっぷり入れた甘いコーヒーのほうが好みだ。しかし、真雪はコーヒー専門店を開いているくらいだから、かなりこだわりがあるのだろう。

「熱いですから、気をつけてくださいね」

「はい。いただきます」

指先でカップの持ち手を摘まみ、熱々のコーヒーを少しだけ口に流しこむ。その瞬間、香ばしい匂いが口いっぱいにひろがった。

（おおっ……）

思わず目を閉じて、鼻へと抜ける香りを堪能《たんのう》する。

間違いなく、人生でいちばんうまいコーヒーだ。砂糖もクリームも入れていないのに、香りが抜群なため味わい深かった。

「おいしいです」

素直な感想を口にする。

我ながら陳腐だと思うが、そのひと言以外で表現できない。本当にうまいものを口にしたとき、感想はよりシンプルになっていくのではないか。あれこれ語ると嘘っぽくなりそうで、健作は黙ってコーヒーを飲みつづけた。

「よかった」

真雪がほっとしたように微笑んだ。

「おいしいっていうひと言が、なによりうれしいんです。普段は聞けない言葉だから……」

カウンターの向こうから、穏やかに語りかけてくる。だが、彼女の言葉に違和感を覚えた。

「旦那さんは、コーヒーを飲まないのですか」

迷ったすえに尋ねる。

これほどうまいコーヒーを飲めば、たいていの人が「おいしい」と言うのではないか。それとも、毎日飲んでいると慣れてしまうのだろうか。

「飲みますけど、うちのひとは、なにも……」

真雪がふっと視線を落とした。

どうやら、彼女の夫はコーヒーを飲んでも感想を口にしないらしい。よほどの味音痴か、それともうまいコーヒーを当たり前に思っているのか。いずれにせよ、妻に対する気遣いが足りない気がした。

（浮気をするような男だしな……）

思わず腹のなかで吐き捨てる。

会ったこともないのに、真雪の夫に対して怒りを覚えた。先日は真雪の頬を平手打ちしている。どうして、そんな男と結婚してしまったのだろうか。

（もし、俺が夫だったら……）

真雪を悲しませるようなことは絶対にしない。

そう心に誓える。だが、あり得ないことだとわかっている。考えるほどに虚《むな》しさが募った。

「すみません、ヘンなこと聞いて……」

謝ること自体、よけいなことかもしれない。そう思いつつ、適当に流すことはできなかった。

自分が尋ねたせいで、いやなことを思い出させてしまったのは事実だ。真雪の淋しげな顔を見ていると、申しわけない気持ちが湧きあがる。話題を変えなければと思って、懸命に頭を絞った。

「ご自分のお店を持つって、すごいですね」

確か開業したのは四年前だと言っていた。小さいころからの夢だったという話だが、それを実現するのは大変だったに違いない。

「店をはじめたのも、夫と関係があるんです」

真雪がぽつりとつぶやいた。

また地雷を踏んでしまったのかもしれない。話題を変えようと思って言ったのに、まったく意味がなかった。

（失敗したな……）

なにを話せばいいのかわからない。健作は口を閉ざすと、静かにコーヒーカップを口に運んだ。

（これを飲んだら帰ろう……）

コーヒーが苦く感じる。

会話が苦手なのは、仕事でもプライベートでも同じだ。なにか引っかかることがあると、言葉がつづかなくなってしまう。こんなことだから、この年まで恋人がいないのだろう。

真雪はカウンターのなかで洗いものをしている。

淋しげな表情が気になるが、自分にはどうすることもできない。静かに立ち去るつもりで、カップに残っていたコーヒーを飲みほした。

「じゃあ、俺はそろそろ……」

健作はジャケットの内ポケットから財布を取り出す。すると、彼女が首を小さく左右に振った。

「お代は結構です」

「いや、でも……」

「この間のお礼です」

穏やかだが、きっぱりした口調だ。

確かに、お礼をするから店に寄ってくださいと言われていた。しかし、これほどうまいコーヒーをご馳走《ちそう》してもらっていいのだろうか。健作が困惑していると、再び真雪が切り出した。

「では、またお話を聞いてもらってもいいですか」

意外な言葉だった。

「俺、なにもアドバイスできませんけど……」

「お話を聞いてもらえるだけでいいんです。共感してもらえるだけで、心が癒されるんです。健作さん、おっしゃっていたじゃないですか。誰かに話して楽になることもあるって」

そう言われて思い出す。

このビルの屋上で、真雪に語りかけたのだ。あのときは彼女を元気づけたくて必死だった。そして実際、健作に話したことで気が楽になったと真雪は言ってくれたのだ。

「聞くだけでいいなら……」

「ありがとうございます」

真雪の顔がぱっと明るくなる。

「健作さん、お酒は飲めますか」

「少しなら……」

「では、お店を閉めますね」

「えっ……ちょ、ちょっと……」

話の展開が早すぎてついていけない。健作がとまどいの声を漏らすと、彼女は肩をすくめた。

「ごめんなさい。ひとりで勝手に盛りあがってしまいました。あの……飲みに行きませんか。ここだとお客さんが来るので、別の場所でお話を聞いてもらいたいんです」

思いがけない提案だった。

健作としては、真雪と飲みに行けるのは大歓迎だ。しかし、わざわざ店を閉めるというのが気になった。

「お店は、大丈夫なんですか」

「わたしが趣味でやっているようなお店ですから。それに、もともと不定休で、常連さんたちも理解してくれています」

真雪はそう言うと、てきぱきと閉店準備をはじめる。

入口に「臨時休業」の札を出して、残りの洗いものを終わらせた。ちょうど客足が途絶えていたので、あっという間だった。

4

同じビルのなかに、飲み屋はいくつも入っている。だが、真雪はタクシーに乗り、少し離れた場所にある繁華街に向かった。

知り合いの店に行くのかと思ったら、そういうわけでもないらしい。通りがかりのバーに入り、カウンターの端の席に並んで腰かけた。

そして今、ふたりはウイスキーのロックを舐《な》めるように飲んでいる。

照明を絞ったムーディな店内で、肩が触れそうなほど距離が近い。隣に視線を向ければ、真雪がどこか淋しげな表情を浮かべて、グラスのなかの氷を指先で転がしていた。

「俺でよかったんですか」

沈黙に耐えきれず、健作のほうから話しかける。

勢いで飲みに来たが、いざふたりきりになると緊張してしまう。そもそも、どうして自分が話し相手に選ばれたのかわからなかった。

「健作さんじゃないとダメなんです」

真雪がぽつりとつぶやき、ウイスキーで喉を湿らせる。

「わたしの話を黙って聞いてくれて……でも、やさしさが伝わってきて……とっても癒されるんです」

そう言ってもらえるのはうれしいが、実際のところ、アドバイスできるだけの人生経験がないだけだ。言葉につまっているだけなので、あまり褒められると困ってしまう。

(でも、それでもいいなら……)

割りきって聞き役に徹するつもりだ。

話を聞くだけなら自分にもできる。それで彼女が癒されるのなら手助けをしたかった。

「遠くまで連れてきてしまって、ごめんなさい。夫は大学の准教授なんです」

真雪が静かに語りはじめる。

夫の職業柄、近所の目が気になるようだ。夫以外の男性と飲んでいるところを見られたくなかったのだろう。

夫の里村敏彦《としひこ》は六つ年上の四十歳で、以前、真雪が働いていたレストランの常連客だったという。そこで見初められて交際がはじまり、七年前に結婚した。そして今は、喫茶店の近くにあるマンションに住んでいるらしい。

「夫は知り合いの間では、人格者で通っているんです。だから、浮気や暴力のことを相談しても、誰も信じてくれなくて……」

真雪はそこで言葉を切ると、下唇をキュッと噛《か》んだ。

どうやら、暴力は先日の平手打ちがはじめてではないようだ。まじめで評判のいい大学の准教授が、家庭ではＤＶを働いているというのは、いかにもありそうな話だ。

「俺も上司に怒られてばかりで……まあ、俺が悪いんですけど……」

健作は会社での出来事をぽつりぽつりと語った。

課長に目をつけられてしまったこと。ターゲットにされて毎日のように怒鳴られていること。そのせいで、すっかりやる気をなくしてしまったこと。人に話すのは、これがはじめてだ。言葉にすることで、自分の気持ちを少し整理できた気がした。

「今は悪循環なんです。成績が悪いから怒られて、やる気をなくして……俺がしっかりすればいいんですけど……」

「パワハラだと思います」

穏やかな声だが、真雪はきっぱり言いきった。

「ご自分を責めないでくださいね。健作さんは悪くありません」

やさしい瞳で見つめられて、健作の胸に熱いものがこみあげた。

真雪もつらい思いをしているからこそ、人の気持ちがわかるのではないか。状況はまったく異なるが、なんとなくシンパシーを感じていた。

「俺なんて、たいしたことないです。それより、真雪さんのほうが大変だと思います。ご夫婦の問題ですから……」

よけいなことを言ってしまったと思って黙りこむ。だが、真雪はいやな顔をすることなく、再び語りはじめた。

「結婚して家庭に入りました。でも、だんだん苦しくなって……」

きっと理想の結婚生活とは違っていたのだろう。

もしかしたら、そのころから敏彦の浮気がはじまっていたのかもしれない。そのことに真雪は薄々気づいていたのではないか。もしそうなら、彼女は何年も耐えてきたことになる。

「それで、喫茶店をやることにしたんです」

「旦那《だんな》さんがよく許してくれましたね」

健作は思わず口を挟んだ。

好き勝手をやる男に限って、人のやることにけちをつけるものだ。話を聞いた感じだと、敏彦が許すと思えなかった。

「かなり渋っていました。でも、夫には頼らず、家事も怠らないという約束で許可してもらいました」

もともと、いつか喫茶店をやるつもりで、レストランに就職して修業を積んでいたという。そのための資金も貯《た》めており、足りない分は借金をして、開業に漕《こ》ぎ着けたらしい。

「誰よりもわたし自身が、あのお店で癒されたかったんです」

真雪の言葉が胸に響いた。

「常連さんたちにコーヒーを飲んでもらって、お話しするのが楽しくて……」

陽だまり珈琲店は、彼女の避難場所だったのかもしれない。

気のいい常連客たちと話す時間が、夫婦生活で傷ついた心を癒していたのではないか。そんな気がしてならなかった。

グラスのウイスキーが空になり、ふたりともお代わりを注文する。年配のバーテンダーは無言でうなずき、手早くウイスキーのロックをふたつ作るとカウンターにすっと差し出した。

「ずっと……おかしいと思っていたんです」

真雪が苦しげにつぶやく。

こみあげてくる感情を抑えているが、どうしても我慢できない。そんな感じの声だった。

敏彦は残業だと言って帰宅が深夜になることが増えて、自宅にいてもスマートフォンで誰かとメールのやりとりをしているという。

「そんな夫のことを信じようとしてきました。でも、心のどこかでずっと疑ってもいたんです」

苦しい胸のうちを吐露すると、真雪の瞳からこらえきれない涙が溢れた。

「ま、真雪さん……」

こんなとき、どんな言葉をかければいいのだろうか。

男と女がバーでふたりきりの場面だ。しかし、残念ながら健作は、彼女の心を癒すセリフを持ち合わせていない。恋愛経験の乏しい男には、対処の仕方がまったくわからなかった。

(ど、どうすれば……)

困りはてて、ウイスキーをグイッと飲みほした。

とたんに喉が焼けて、目に映るものがぐんにゃり歪《ゆが》む。急に酔いがまわり、頭のなかがグラグラ揺れる。

(お、俺が、なんとかしないと……)

悲しみから救ってあげたい。

できるわけがないのに必死に考える。その結果、彼女の肩に手をまわして、強く引き寄せていた。

「あ、あの……」

真雪がとまどいの声を漏らす。

隣を見やると、息がかかるほど近くに真雪の顔がある。憂いを帯びた瞳で、健作の顔を見つめていた。

「あっ……す、すみません」

健作は我に返り、慌てて手を離す。ところが、彼女は身体を寄せたまま、健作の肩に頭をちょこんと預けた。

「ふたりきりになれるところに行きたい……」

真雪が微かな声でささやいた。

一瞬、自分の耳を疑った。しかし、彼女のピンク色に染まった顔を目にして、聞き間違いではないと確信した。

(ど、どうしたんですか……)

尋ねたつもりが声にならなかった。

驚きのあまり身動きできない。すると、真雪が手を握ってくる。指をからめた恋人つなぎで、一気にテンションがアップした。

5

十数分後、ふたりはシティホテルの一室にいた。真雪に連れられるまま、バーから少し歩いたところにあるシティホテルに入ったのだ。

高層階のダブルルームで、枕もとにあるスタンドだけがついている。飴色《あめいろ》のぼんやりした明かりが、部屋のなかを照らしていた。ダブルベッドに白いシーツが生々しくて、健作は思わず視線をそらした。

カーテンの開け放たれた窓から、東京の夜景が見わたせる。眼下の道路を走る車が豆粒のように小さい。そこかしこでネオンが瞬いており、まるで街全体が呼吸をしているようだ。林立する高層ビルを眺めて、ふと不思議な気持ちがこみあげた。

十八で田舎から出てきたが、こうして東京の夜景を眺めることなど数えるほどしかなかった。あらためて大都会に住んでいることを実感して、夢を見ているような感覚に陥った。

「健作さん……」

背後から名前を呼ばれてドキリとする。

振り返ると、そこには真雪が立っていた。潤んだ瞳は都会のネオンよりも魅惑的に輝いている。コートを脱いで、白いブラウスとフレアスカートという格好になっていた。

ついつい彼女の胸もとに視線が向いてしまう。

ブラウスが大きく盛りあがり、双《ふた》つの乳房が存在感を示している。白い布地にレースの柄がうっすら透けているのも、牡《おす》の欲望を煽《あお》り立てた。

（お、俺……なにを……）

自分の身に起きていることが信じられない。

ウイスキーで思考が歪んでいるが、それでも理性を失うほどではない。今、こうしてシティホテルの一室で、人妻と向かい合っている。これまで経験したことのない状況に混乱していた。

「わたし、淋しくて……」

真雪はかすれた声でつぶやき、身をすっと寄せる。

健作の胸板に両手を当てて、額を鎖骨のあたりに預けた。黒髪からシャンプーの甘い香りが漂い、無意識のうちに吸いこんだ。

（ど、どうすれば……）

この期《ご》に及んで尻ごみする。

口づけを交わすか、ベッドに押し倒すかすればいいのかもしれない。だが、どうしてもそれができない。

なにしろ、健作は童貞だ。

妄想は無限大にふくらむが、緊張が全身の筋肉を縛りつけている。しかも相手が人妻だと思うと、背徳感にも襲われる。キスすらしたことのない健作には、あまりにもハードルが高かった。

「強引に連れてきてしまって、ごめんなさい」

真雪の声はどんどん小さくなっていく。

健作がなにもしないので、拒絶されたと思ったらしい。顔をあげると、悲しげな瞳で見つめていた。

「わたしでよかったら……」

そうつぶやいた直後、瞳から涙が溢れて頬を伝う。それを隠すように、彼女は再びうつむいた。

夫が浮気をして淋しい思いをしてきたに違いない。陽だまり珈琲店で働くことで心のバランスを保ってきたが、それも限界に達したのではないか。そして、心の隙間《すきま》を埋めるために健作を求めたのかもしれない。

（でも……でも、俺は……）

彼女を抱きたくて仕方がない。

現に欲望はふくれあがっている。だが、最初の一歩が踏み出せない。童貞だと知られることが恥ずかしかった。

「こんなおばさん、いやよね」

真雪は悲しげに言葉を紡ぐと、身体を離そうとする。

ここで勇気を出さなければ、永遠に彼女を失ってしまう。そんな恐怖にも似た思いに駆られて、健作は慌てて両手を伸ばした。

「あっ……」

真雪の唇から小さな声が漏れる。

未経験だが、必死だった。健作は両手を彼女の身体にしっかりまわして、強く抱きしめていた。

「そ、そんなことありません……」

情けないほど声が震えてしまう。それでも、懸命に語りかけた。

「ま、真雪さんは、お、おばさんなんかじゃありません」

この熱い胸のうちを伝えたい。昂《たかぶ》る想いをわかってほしい。だが、それ以上はうまく言葉にできなかった。

「お、俺……俺……」

「健作さん……」

真雪が見つめている。

文字どおり目と鼻の先に顔がある。スタンドの明かりを受けて、彼女の瞳はいっそう輝いていた。

(俺、この人と……真雪さんと……)

セックスしたいと強く思う。

童貞を後生大事にしてきたわけではない。むしろ一刻も早く捨てたいと思っていた。ただ、これまで機会がなかっただけだ。そして、気づいたときには二十五歳になっていた。

「じ、じつは……お、俺——」

「あっ……」

童貞だということを告白しようとしたとき、真雪が小さな声を漏らした。

「当たっています」

そうつぶやいたきり、視線をそらしてしまう。そして、下半身をもじもじと動かした。

「うっ……」

今度は健作の口から小さな声が漏れる。股間に甘い刺激が走り、反射的に腰をよじっていた。

健作のスラックスの股間と、真雪の下腹部が密着している。いつの間にかペニスが勃起しており、ふくらんだ股間が彼女の下腹部にめりこんでいた。勃起に気づいているのは間違いなかった。

「硬いです……」

真雪は顔を赤く染めあげてつぶやく。

困惑しているが、どこかうれしそうでもある。夫に浮気をされて、女性としての自信を失っていたのかもしれない。健作の反応を感じ取ったことで、安堵している節があった。

「あ、あの、俺……は、はじめてなんです」

ようやく童貞であることを告白する。とたんに羞恥《しゅうち》のあまり、顔が燃えるように熱くなった。

「それなら、わたしなんかより——」

「真雪さんがいいですっ」

つい声が大きくなる。

これほど強く童貞を捨てたいと思ったことはない。正直、機会さえあれば誰でもいいと思っていた。だが、今は違う。心から好きになった女性と、はじめてのセックスを経験したい。

「俺、真雪さんがいいです……お、お願いします」

懇願して見つめると、胸の鼓動が速くなる。

これで断られたら、恥ずかしすぎて生きていけない。返事を待たずに逃げ出したい衝動がこみあげた。

「健作さん、ありがとう……わたしでよかったら」

真雪の瞳に新たな涙が盛りあがる。真珠のような涙をこぼしながら、やさしい笑みを浮かべていた。

真雪は両手をあげると、健作の肩にそっと乗せる。その手が首のうしろにまわり、地肌にやさしく触れた。たったそれだけで、健作の胸の鼓動はかつてないほど速くなる。

「ま、真雪さん……」

黙っていられず呼びかける。その口をふさぐように、真雪は顔を寄せるなり唇を重ねた。

「ンっ……」

彼女の小さな声が、耳に流れこむ。柔らかい感触が唇にひろがり、健作は全身を硬直させた。

（キ、キス……俺、キスしてるんだ……）

これが健作のファーストキスだ。

身も心も蕩けるような感触に陶然となる。これまで触れたどんなものより、真雪の唇は柔らかい。溶けて流れ出すのではないかと本気で思うほど、奇跡的な感触だった。

感激がこみあげるが、いつまでも浸っている暇はない。

首のうしろにかかっていた真雪の手が徐々に這《は》いあがり、後頭部をやさしく撫でまわす。そして、髪のなかに指を差し入れると狂おしげにかき乱しながら、舌を伸ばして唇をそっと舐めた。

（ああっ、真雪さんの舌が……）

緊張と興奮がますます高まってくる。

唇の表面で彼女の舌先が蠢《うごめ》いているのを感じる。唾液を塗りつけられて、しっとり湿るのがわかった。

健作はなにも考えられずに固まっている。されるがままに唇を舐められて、その心地よさに酔いしれていた。

「はンっ……」

さらに真雪の舌が唇を割り、口のなかに侵入する。

まずは歯茎をくすぐるように舐めて、頬の内側に入りこむ。そして、粘膜を味わうようにしゃぶりはじめた。

「ンっ……はむンっ」

真雪はときおり鼻を鳴らしながら、健作の口のなかを丹念に舐めまわす。隅々まで舌を這わせると、今度は口の奥まで入りこみ、震える舌をからめとって吸いあげた。

（す、すごい……）

はじめてのディープキスで、またしても蕩けそうな感触に襲われる。

キスがこれほど気持ちいいとは知らなかった。頭を撫でられて、髪をくしゃくしゃにされるのも興奮を誘う。舌を吸われているだけでペニスがますます硬くなり、ボクサーブリーフの内側で我慢汁を振りまいた。

「うむっ」

健作も恐るおそる彼女の舌を吸ってみる。

すると、メープルシロップを思わせる甘い唾液が、口内に流れこんできた。反射的に嚥下《えんか》すると、さらなる興奮が湧きあがる。頭のなかが熱くなり、ペニスが痛いくらいにふくれあがった。

「ま、真雪さん……お、俺、もう……」

唇を離すと、息づかいが荒くなっていた。

恥ずかしさが消えることはないが、セックスしたくて仕方がない。一秒でも早く、想いを寄せる人とひとつになりたかった。

「では、ベッドに……」

真雪が手を取り、ベッドへと導いてくれる。いよいよ待ちに待った瞬間が迫っていた。

スタンドの淡い光が、真雪の横顔を照らしている。

瞳がしっとり濡れているのは、彼女も興奮しているからだろうか。白くてほっそりした指で、ブラウスのボタンを上から順にはずしていく。やがて、前がはらりと開き、純白のブラジャーが現れた。

「あんまり、見ないでください」

真雪は視線を落とすと、消え入りそうな声でつぶやいた。

それでも、ブラウスを脱いで、ブラジャーだけになった上半身を露《あらわ》にする。着《き》痩《や》せするタイプなのか、大きな乳房に驚かされる。魅惑的な谷間に視線が吸い寄せられると、彼女は恥ずかしげに身をよじった。

「健作さんも……」

「は、はい」

うながされて、健作も慌ててスーツを脱いでいく。

ボクサーブリーフ一枚になると、股間に大きなテントができていた。張りつめた布地の頂点が、我慢汁で濡れている。彼女の視線がチラリと向いて、とたんに羞恥がこみあげた。

「あぁっ……」

真雪も高揚しているのか、小さな声を漏らしてスカートに手をかける。ゆっくり引きさげると、片足ずつ持ちあげて抜き取った。さらにストッキングも、クルクルとまるめるようにしながらおろしていく。これで彼女が纏《まと》っているのは、白いブラジャーとパンティだけになった。

（お、俺……これから……）

眩いばかりの女体を前にして、童貞を卒業する実感が湧きあがる。極度の緊張で、全身の筋肉はさらに硬直した。

「緊張……していますか」

真雪が小声で語りかける。

健作は声を出す余裕もなく、まるでロボットのようにカクカクとうなずくことしかできない。すると、彼女がそっと手を握ってきた。

「わたしも、緊張しています」

ささやくような声だった。

そのまま手を引かれて、誘導されるままベッドで仰向《あおむ》けになる。真雪は隣で横座りすると、憂いを帯びた瞳で見おろした。

「こんなことするの、はじめてなんです」

言いわけするようにつぶやき、両手を背中にまわしてくる。

ブラジャーのホックをはずしたことで、カップがわずかにずれる。まだ乳房は見えないが、柔肉がタプンッと弾むのがわかった。

「一度だけ……一度だけって、約束してくれますか」

真雪は今にも泣き出しそうな顔になっている。

誘ってきたのは彼女のほうだ。それでも、夫を裏切る罪悪感に苛《さいな》まれているらしい。夫に浮気をされても、まだ心は残っているのかもしれない。

両手でブラジャーを押さえているが、肩紐《かたひも》がずれて腕に垂れている。あと少しで見えそうなのに、どうしても見えない。そのもどかしさが、健作の欲望をますます煽り立てていた。

(本当に、いいのか……)

健作のなかにも迷いが生じている。

だが、それより真雪とセックスしたい気持ちのほうが勝っていた。この機会を絶対に逃したくない。そんな思いがこみあげて、彼女の瞳を見つめながらうなずいた。

「や、約束します……い、一度だけ……」

最初で最後の交わりになると思うとせつなくなる。

だが、そもそも真雪は手の届かない女性だ。はじめての相手をしてもらえるだけでも奇跡だ。

「あ、あの……俺、全然わからなくて……」

「大丈夫です。わたしにまかせてください」

真雪が静かにうなずき、うつむき加減にブラジャーをずらしていく。

たっぷりした双つの乳房がついに剝《む》き出しになり、健作の興奮は一気に跳ねあがった。

（おおっ……）

思わず腹のなかで唸《うな》って凝視する。

乳房をナマで見るのは、これがはじめてだ。染みひとつないなめらかな肌が、まるみを帯びた双つの丘陵を形作っている。その頂点には、濃いピンク色をした乳首がちょこんと乗っていた。

（こんなに大きかったんだ……）

あまり見てはいけないと思いつつ、どうしても視線をそらせない。

彼女の動きに合わせて波打つ乳房が気になってしまう。先端で揺れている乳首は、まるで野苺《のいちご》のように愛らしい。結局、まじまじと見つめて、何度も生唾を飲みこんだ。

「いやです……そんなに見られたら……」

真雪はそう言いながら体育座りをして、最後の一枚に指をかける。

一瞬、躊躇《ちゅうちょ》して動きをとめるが、すぐに再開してパンティをじりじりおろしはじめた。

太腿《ふともも》の表面をゆっくり滑らせると、パンティはあっという間に形を失っていく。そして、つま先から引き抜くときには、手のひらに乗るほど小さくまるまってい た。

真雪は股間をガードするように膝《ひざ》を抱えて体育座りしている。

仰向けになっている健作は、頭の位置を少しずらして、彼女の股間に視線を向けた。

(あ、あれが、真雪さんの……)

女性器が目に入り、思わず両目をカッと見開く。

黒々とした陰毛のすぐ下に、生々しい割れ目が確かに見えた。二枚の陰唇は紅色で、入口がぴったり閉じている。しかし、合わせ目が微かに光っていた。もしかしたら濡れているのかもしれない。まだ罪悪感を抱えているようだが、それでも身体は反応していた。

「健作さん……」

真雪の手がボクサーブリーフにかかる。

大きく張ったテントを見れば、ペニスが勃起しているのは明らかだ。布地を引きあげながら剝きおろすと、雄々しく屹立《きつりつ》した肉棒が露になった。

ボクサーブリーフの押さえを失ったことで、まるでバネじかけのようにペニスが跳ねあがる。それと同時に我慢汁の刺激臭がひろがった。張りつめた亀頭はぐっしょり濡れており、ヌラヌラと光っていた。

「こ、こんなに……」

真雪がペニスを見つめて困惑の声を漏らす。

我慢汁の生ぐささが鼻を突いているはずだが、いやな顔をすることはない。それどころか、興味津々といった感じの視線を向けていた。

「触っても……いいですか」

真雪は遠慮がちにつぶやくと、健作の返事を待つことなく太幹に触れる。ほっそりした指を巻きつけて、やさしく握りしめた。

「うっ……」

思わず声が漏れてしまう。

ただ軽く握られただけなのに、いきなり快感が突き抜ける。その直後、亀頭の先端から透明な汁がジュブッと湧き出した。

「ああっ、すごい」

真雪が目をまるくして口走る。

だが、すぐにはっとした様子で頬を赤く染めあげた。自分の発した言葉に照れたのか、口を閉ざしてうつむいてしまう。それでも、太幹に巻きつけた指は放さない。

「くうっ……き、気持ちいいです」

健作は呻《うめ》きまじりにつぶやいた。

握られているだけなのに、我慢汁がとまらなくなっている。なにしろ、自分以外がペニスに触れるのは、これがはじめてだ。彼女の指を感じているだけで、早くも射精欲がふくれあがった。

「すごく硬くて……怖いくらいです」

真雪がかすれた声でささやく。

「久しぶりなんです、男の人に触れるの……」

その言葉でなんとなく想像がついた。

夫は浮気相手に夢中で、真雪のことを相手にしていないのではないか。セックスレス状態だとしたら、彼女の口から「久しぶり」という言葉が出てもおかしくない。

「こんなに大きいなんて……夫よりも、ずっと……」

そう言った直後、真雪はつらそうに顔を歪める。夫のことを思い出して、罪悪感が湧きあがったのかもしれない。

「そ、それ以上は……」

健作は懸命に言葉を絞り出した。

握られているだけで、射精しそうなほど高まっている。我慢汁の量がどんどん増えて、亀頭から竿《さお》へと流れていく。いつしか、彼女のしなやかな指まで濡らしていた。

「ううッ」

そのとき、股間に甘い刺激がひろがった。

太幹に巻きついた真雪の指が、スライドをはじめたのだ。我慢汁が付着しているため、ヌルヌル滑る。それがたまらない快感を生み出していた。

「ああっ、硬いです」

真雪が喘《あえ》ぐようにつぶやき、ペニスを擦《こす》る。そのまま隣で横になり、添い寝をするように裸体を寄せた。

大きな乳房が腕に触れて、プニュッとひしゃげる。ほんのり温かくて、まるでマシュマロのように柔らかい。男の体ではあり得ない感触だ。しかも真雪の顔がすぐ近くにあるのも興奮を煽る。彼女の吐息が耳にかかり、それだけで快感が何倍にも跳ねあがった。

「ちょ、ちょっと待って……くううッ」

刺激が強すぎて呻き声を抑えられない。

彼女の指が太幹の表面を擦りながら往復するたび、快感の波が押し寄せる。射精欲が急激に膨脹して、尻が自然とシーツから浮きあがった。

「ううッ、ダ、ダメですっ」

懸命に訴えるが、真雪はペニスをしごきつづける。そして、申しわけなさそうな顔で見つめてきた。

「ごめんなさい……わたし、やっぱり……」

ここまでやっておきながら、気が変わったというのだろうか。真雪は瞳に涙をためて、ペニスに巻きつけた指をスライドさせている。

「そ、そんなにされたら……うッ、ううッ」

押し寄せる快感の波がどんどん大きくなってくる。

我慢汁にまみれた肉棒をリズミカルにしごかれている。柔らかい指が硬化した太幹の表面を滑り、敏感なカリの段差を集中的に擦りあげる。クチュクチュと小刻みに動かされると、いよいよ射精欲が追いこまれた。

「おおおッ、も、もうっ、もう出ちゃいますっ」

たまらず情けない声で訴える。股間を突きあげた状態で、さらにスピードをあげてしごかれた。

「このまま、わたしの手で……」

「も、もうダメですっ。おおおッ、で、出るっ、くおおおおおおおッ！」

ついに呻き声を響かせながら絶頂する。驚くほど大量の精液が、彼女の手の動きに合わせてドクドクと噴きあがった。

「あぁっ、す、すごい……」

射精の勢いに驚いたのか、真雪がうわずった声でつぶやいた。その声すら刺激になり、精液が尿道を駆け抜ける刺激が倍増する。

「くうぅッ、き、気持ちいいっ」

自分でしごくのとは比べものにならない快楽だ。

なにしろ美麗な人妻の手で射精に導かれて、今もまだ擦られている。甘い刺激が継続しており、精液の放出がとまらない。

「おおおッ……おおおおッ」

健作は尻を浮かせた格好で、情けない呻き声をあげている。結局、睾丸《こうがん》のなかが空になるまで射精をつづけた。

頭のなかがまっ白になり、ようやく絶頂が鎮まった。

全身から力が抜けて、尻がシーツの上にドサッと落ちる。凄《すさ》まじい快感の余韻で、あらゆる筋肉が小刻みに痙攣《けいれん》していた。

真雪の手でしごかれて射精に導かれるのは、かつて経験したことのない最高の快楽だった。しかし、セックスできると思っていたので胸中は複雑だ。中途半端に終わった感じがして、もやもやした気分だった。

真雪は隣で気まずそうにしている。

サイドテーブルに置いてあるティッシュを取り、指に付着した精液を拭っていた。そして、ペニスも丁寧に拭いてくれる。亀頭にティッシュが触れるたび、腰に震えが走るのが恥ずかしい。

「あ、ありがとうございます。あとは自分でやりますから……」

健作が声をかけると、真雪はこっくりうなずいた。

「ごめんなさい……」

消え入りそうな声だった。

真雪の気持ちがわかるから、健作はなにも言えなくなる。首を小さく左右に振ることしかできなかった。

第二章　店のドアに鍵をかけて

1

（真雪さん、どうしてるかな……）

健作は自分のデスクでパソコンに向かいながら、またしても真雪のことを考えていた。

真雪に会ったのは一昨日のことだ。

彼女の喫茶店に行って、コーヒーを飲んで帰るつもりだった。それなのにふたりきりで酒を飲み、さらにはホテルに誘われた。残念ながら最後までいけなかったが、手でしごかれて射精したのは事実だ。

（ああ、真雪さん……）

心のなかで名前を呼ぶだけで、胸がせつなく締めつけられる。

夫とぎくしゃくしているとはいえ、彼女は人妻だ。手の届かない存在だというのはわかっているが、惹かれる気持ちはとめられない。

まだ二回しか会っていないのに、すっかり虜《とりこ》になっている。知り合って五日しか経っていないが、人を好きになるのは一瞬だ。かつてこれほど人を好きになったことはない。寝ても覚めても、真雪のことが頭から離れなかった。

どうして、これほど惹かれるのだろうか。

容姿の美しさだけではない。真雪に出会ったことで、健作の心は確実に癒されている。彼女は人の苦しみを理解できる女性だ。会社で孤独だった健作は、真雪と言葉を交わしたことで、救われたような気持ちになっていた。

（最初は俺が助けようと思ったのに……）

出会った日のことを思い出す。

雑居ビルの屋上に佇む真雪を見かけて、いやな予感に襲われた。気づいているのは自分しかいない。使命感にも似た思いに駆られて、慌てて雑居ビルに向かった。

今にして思うと、車窓から見かけた瞬間、健作のなかでなにかが動きはじめた気がする。

（どうして、あなたは人妻なんですか……）

考えるだけで胸が苦しくなる。

夫よりも自分が先に出会っていればと思う。奥手な健作だが、真雪が独身だったらきっと告白していた。いや、さすがにそれは無理だ。実際は言葉を交わすだけで精いっぱいだろう。

劇的な出会いをしたからこそ、一歩踏みこめた。勢いで胸を触ってしまったのも、今にして思うと距離を縮める要因のひとつになっていた。

(でも……)

これ以上を望むわけにはいかない。

あの夜のことは忘れるべきだ。だが、近づいてはいけない人だと思うと、なおさら会いたくなってしまう。

(ああ、真雪さん……)

彼女の顔を脳裏に思い浮かべる。無意識のうちにため息を漏らして、窓の外に視線を向けた。

「石見、今日はずいぶんのんびりしてるな」

長岡に声をかけられて、はっと我に返る。

課長席を見やると、長岡が不機嫌そうな顔をしていた。鋭い視線を向けられて、額に汗がじんわり滲《にじ》んだ。

「事務所でぼんやりしてるなら、外まわりに行ってこい」

「は、はいっ」

慌てて席を立つと、バッグを持って事務所を飛び出した。

営業車に乗りこむが、やはり真雪のことが頭から離れない。ハンドルを握りながら、会いたい気持ちがどんどん強くなってくる。

陽だまり珈琲店を訪れれば、いつでも真雪に会える。

だが、迷惑がられるのではないか。彼女のほうは健作に会いたくないのではないか。あのホテルでの一件を後悔しているのではないか。そう思うと、躊躇してしまう。

どうしても自分に自信が持てない。なにしろ、二十五歳になっても女性とつき合った経験がないのだ。好きな人ができても、嫌われたくないという気持ちが強くて、すぐに諦《あきら》める癖がついていた。

だが、今回ばかりは違っている。相手にされなくてもいい。せめて、もう一度だけでも会いたい。話はできなくてもいいから、彼女の顔を見たい。少しでもいいから、彼女のそばにいたかった。

2

その日、仕事を定時にあがると、健作は隣駅で下車した。

夕暮どき、線路沿いの道を歩いて雑居ビルに向かう。落ち着かなくて、無意識のうちに歩調が速くなる。

想いは募るばかりだ。こんな行動を取るとは自分でも信じられないが、会いたい気持ちを抑えられなかった。

雑居ビルに到着するとエレベーターに乗り、二階のボタンを押した。

エレベーターがゆっくり上昇して二階でとまる。そして、扉が開くと急激に緊張が高まった。

エレベーターホールに出ると、陽だまり珈琲店の入口が見える。

木製のドアにはまっているガラス窓から明かりが漏れている。そこに愛《いと》しい人がいると思うと、気持ちが盛りあがると同時に足がすくんだ。

(やっぱり……)

ここまで来ておきながら躊躇する。

ホテルでの出来事を思い返すと、身動きできなくなる。どんな顔で真雪に会えばいいのかわからなかった。

そのとき、店内から笑い声が聞こえた。

どうやら客がいるらしい。それなら、緊張しないですむのではないか。真雪とふたりきりになると息苦しくなりそうだが、ほかに客がいるのなら、黙っていても大丈夫だろう。

（よし……）

健作は気合を入れると、ドアをそっと開いた。

ドアベルの音が鳴り響き、話し声がピタリとやんだ。カウンター席に腰かけていたふたりの男性がこちらを見る。背広姿の中年男性で、雰囲気からしてこの店の常連客だ。

そして、カウンターのなかには真雪が立っていた。

こちらに視線を向けて、健作の姿に気づくと、とまどいの表情を浮かべる。それでも、すぐに微笑を浮かべてくれたので救われた。

「いらっしゃいませ」

清流を思わせる涼やかな声をかけてくれる。

健作は少し安堵して、カウンターのいちばん端の席に座った。常連と思われる中年男性たちはすぐに興味を失い、真雪に視線を向けた。

「真雪ちゃん、ブレンド、お代わり」

「俺もブレンド」

「はい、少々お待ちください」

ふたりがお代わりを注文すると、真雪はやさしい笑顔を向ける。

そんなやりとりを目にして、健作の胸はチクリと痛んだ。それが嫉妬《しっと》だと気づくのに、たいして時間はかからなかった。

真雪のような美人がやっている喫茶店だ。常連客は彼女が目当てで通っているのだろう。当然といえば当然のことだが、真雪の笑顔がほかの男に向けられていると思うとおもしろくない。

（でも、仕方ないよな……）

顔をうつむかせて、小さく息を吐き出した。

店主として客に笑顔で接するのは当たり前のことだ。頭ではわかっているつもりだが、実際に目にすると心境は複雑だった。

（どうせ、俺なんて……）

相手にされるはずがない。

わかっていたことだが、悲しくなってしまう。どうして、ここに来てしまったのだろうか。彼女の顔を見たかっただけだが、こんな気持ちになるのなら来ないほうがよかった。

「健作さん、ご注文はお決まりですか」

ふいに声をかけられて顔をあげる。

すると、カウンターごしに真雪がやさしげな瞳を向けていた。ただ注文を聞かれただけだが、それでも胸に温かいものがひろがっていく。名前を覚えていてくれたことが、なによりうれしかった。

「ブレンド……お願いします」

そのひと言を口にするだけで緊張してしまう。

だが、真雪はやさしく微笑んでくれる。その笑顔を目にしただけで、いやなことをすべて忘れられた。

「少々お待ちくださいね」

真雪の言葉が、先ほどの常連客たちと話すときよりソフトに感じたのは気のせいだろうか。

（来てよかった……）

単純なもので、一転してそう思う。

真雪がサイフォンでコーヒーを淹れる姿を眺めているだけで、心がほっこりして幸せな気分になった。

「お待たせしました」

信楽焼のカップに入ったコーヒーがカウンターに差し出される。

香ばしい匂いと立ちのぼる白い湯気が、じつにうまそうだ。真雪が淹れてくれたと思うと、それだけで満足だった。

そのあとは、真雪と会話することもなく、まったりした時間を過ごした。

真雪は穏やかな表情を浮かべて、常連客たちの相手をしている。話しかけられるたび、静かに言葉を返したり、うなずいたりしていた。

（やっぱり、きれいだよな……）

健作はコーヒーを飲みながらスマホをいじっているふりをして、真雪の顔を眺めている。

直接、話をできなくてもいい。こうして真雪を近くで感じながら、真雪が淹れてくれたコーヒーを味わう。触れることはできないが、それだけで充分に満足していた。

三日に一度は、陽だまり珈琲店に足を運ぶようになった。

会社で長岡に怒鳴られた日は、真雪の顔を見たくなる。とくに会話が弾むわけではない。いつも常連客がいるので、健作と言葉を交わすのは、せいぜい二言三言だけ。それでも、心は癒されていた。

そして、この日も健作は陽だまり珈琲店に向かった。

カウンターのいちばん端の席に座り、コーヒーを飲みながら真雪の顔をチラチラ見ている。

真雪はほかの客の相手をしている。年配の背広姿の男性客で、やはり常連のようだ。なれなれしく「真雪ちゃん」と呼んでいるのが苛立たしい。

だが、この店に来るようになって、だんだんわかってきたことがある。真雪は客たちと一定の距離を取っているようだ。親しげに言葉を交わしていても、それ以上、踏みこむことはない。あくまでも店主と客の関係だ。

ときには客が真雪を飲みに誘うこともある。だが、真雪はやんわりと断るのが常だった。客も断られるのがわかっているらしく、しつこく誘うことはない。それがこの店の距離感なのだろう。

（やっぱり、あの日は……）

健作はホテルに行った夜のことを思い出す。

真雪は大きな悲しみを抱えている。夫の浮気で傷つき、それでもこの店で笑顔を振りまいているのだ。悲しみを抱えきれなくなったとき、たまたま健作と出会ったのかもしれない。

（だから、あんなことに……）

あと一歩でセックスするところまでいったのだ。

そのあとは、まともに会話をしていない。こうして店に足を運んでも、真雪から積極的に話しかけてこなかった。

もしかしたら、警戒されているのかもしれない。距離を置かれている気がして淋しくなる。それでも、完全に拒絶されているわけではない。こうして彼女の顔を見ることができるだけでもよかった。

常連客たちの前では、いつも笑みを浮かべている。だが、ふとした瞬間に見せる暗い表情が気になった。やはり胸に抱えているものがあるに違いない。その悲しみを、いっしょに背負うことができたらと本気で思う。

しかし、健作にできることはなにもない。こうして離れた場所から眺めることしかできなかった。

3

この日も健作は仕事を終えると、陽だまり珈琲店に立ち寄った。

(あれ……)

ドアを開いた瞬間、いつもと雰囲気が違うことに気がついた。

ほかに客がひとりもおらず、ジャズの調べだけが聞こえている。確か、はじめて訪れたときもこんな感じだった。

「いらっしゃいませ」

赤いエプロンをつけた真雪が、いつものように迎えてくれる。

こちらに顔を向ける直前、目もとを指先で拭ったように見えたのは気のせいだろうか。瞳こそ潤んでいるが、真雪は柔らかい笑みを浮かべている。だが、どこか表情が冴《さ》えないのが気になった。

「ブレンド、お願いします」

健作はカウンターの端の席に座って注文する。

真雪とふたりきりなのはうれしいが、ほかに客がいないと緊張してしまう。沈黙を嫌ってスマホを取り出すと、いじっているふりをしながら彼女の様子を観察した。

真雪はなにごともなかったように、サイフォンでコーヒー淹れている。カップに注ぐと、カウンターの上にそっと差し出した。

「お待たせしました。ブレンドです」

穏やかな声と微笑は、ほかの客に向けるのと同じものだ。

あの夜のことを忘れてしまったのだろうか。やはり後悔しているのかもしれない。そんな気がして淋しくなる。だが、真雪がどう思っていようと、健作にとっては特別な出来事だった。

「いつも、ありがとうございます」

真雪が静かに語りかける。

「い、いえ……」

健作は小声でつぶやくが、それ以上、会話がつづかない。いろいろ話したいと思っていたが、いざふたりきりになると緊張してしまう。なにを話せばいいのかわからなかった。

真雪はカウンターのなかでグラスを磨いている。そんな彼女を見ていると、意識的に距離を空けている気がした。

（あの夜のことは、なかったことにしたいのかな……）

健作は黙ってカップを口に運んだ。

今日のコーヒーはいつもより苦く感じる。思わず眉根《まゆね》を寄せて、カップをソーサーに戻した。

「俺、やっぱり気になって……」

ほとんど無意識のうちに語りかける。

このままなにも話さずに帰ったら、それきりになりそうな気がした。なにか話さなければと思って、とにかく口を開いた。

真雪はきょとんとした顔で、健作のことを見つめている。唐突に語りかけたので驚いているようだ。視線が重なると緊張が高まり、頭のなかがまっ白になってしまう。

「ま、真雪さんのことが心配で……」

黙っているわけにはいかず、思い浮かんだことを口にする。自分でもなにを言いたいのか、考えがまとまっていなかった。

「わたしのことを……ですか」

「は、はい……でも、俺なんかに心配されても迷惑ですよね」

健作は笑ってごまかそうとするが、真雪はカウンターの向こうで真剣な顔をしている。適当に流せる雰囲気ではなくなっていた。

「屋上ですごく悲しそうだったから……」

なにか言わなければと思って、印象に残っていることを言葉にする。脳裏に浮かんだのは、はじめて会ったときのことだった。

「真雪さんの涙が忘れられなくて……」

健作は迷いながらもつぶやいた。

すると、真雪が気まずそうな顔をする。あまり触れられたくないのかもしれない。しかし、ここまで話した以上、触れないのは不自然だ。それに心配しているのは事実だった。

「考えはじめると、どんどん気になってしまうんです」

真雪がまた泣いているのではないか。深く傷ついているのではないか。夫に暴力を振るわれているのではないか。

「だからって、俺になにができるかわからないですけど……」

そこでいったん言葉を切って、頭のなかを整理する。

「とにかく、俺は真雪さんに会って、すごく癒されました。会社でいやなことがあっても、真雪さんの顔を見るだけでほっとするんです。俺、真雪さんに救われたんです。だから、今度は俺が真雪さんの力になりたくて……」

力説していることが、ふと恥ずかしくなる。

そこまで深く真雪を知っているわけではない。ただ、夫のことで彼女がつらい思いをしているのは確かだ。

「俺なんかに、真雪さんの苦しみがわかるはずないですけど……」

自分の言葉に納得してしまう。

まともな恋愛経験すらないのに、健作に夫婦の悩みがわかるはずもない。偉そうに語っていたのが恥ずかしくなってきた。

健作が口を閉ざすと沈黙が流れる。真雪はなにかを考えこむように、カウンターの一点を見つめていた。

（よけいなこと言っちゃったな……）

後悔の念が胸にこみあげる。

気を悪くしてしまったかもしれない。真雪は黙りこんでいる。沈黙がつらくて不安に押しつぶされそうだ。

もう逃げ出したくなったとき、真雪がカウンターごしに身を乗り出した。なにをするのかと思えば、健作の唇にチュッと口づけする。蕩けそうな感触がひろがり、それだけで陶然となった。

「心配してくれて、ありがとうございます」

真雪は瞳を潤ませて微笑んだ。

「わたしも、健作さんに救われていますよ」

「お、俺は、なにも……」

突然のキスに動揺しながらもつぶやいた。

「こんなに気にかけてくれる人がいるんだもの。それだけで、とってもうれしいです」

真雪はそう言うと、カウンターから出てきてドアに向かう。そして、鍵《かぎ》をかけて、カーテンを閉めた。これでエレベーターホールに誰か来ても、店内はまったく見えなくなった。

「あ、あの……閉店ですか」

健作は不思議に思って尋ねる。閉店なら帰らなければと思って、スツールから立ちあがった。

「閉店だけど、まだ帰らないでください」

真雪が目の前に迫ってくる。そして、健作の手を取ると、やさしげな微笑を浮かべてささやいた。

「一度だけっていう約束、覚えていますか」

もちろん、忘れるはずがない。

――一度だけ……一度だけって、約束してくれますか。

シティホテルの一室で、真雪はそう口にした。

最初で最後の交わりだと思った。真雪が筆おろしをしてくれるのだ。たった一度でも、これほどうれしいことはない。そう思ったのに、挿入することなく終わってしまった。

「この間は、ごめんなさい。怖くなってしまって……」

真雪は申しわけなさそうに語りかけてくる。

彼女は既婚者だ。罪悪感が芽生えたのは、なんとなく想像がつく。夫とうまくいっていなくても、最後の一線を守ろうとする貞淑さがあるからこそ、惹かれたのかもしれない。

「い、いいんです。俺は、あれだけでも――」

「わたしが、してあげたいんです」

真雪がまっすぐ見つめている。

覚悟を決めたような瞳を向けられて、健作は動揺してしまう。いったい、どういう意味で言ったのだろうか。

「こっちに来てください」

手を引かれてボックス席に導かれる。

そして、うながされるまま、ふたりがけのソファの真ん中に腰かけた。表面は濃い赤のベルベットだ。手のひらをそっと置くと、まるで猫の毛のようになめらかな感触が伝わってきた。

すぐ脇にある窓に視線を向ければ、すでに陽は完全に落ちていた。周辺に高い建物はなく、遠くに高層ビルがぼんやり見える。なんとなく、都会から切り離された場所に感じられた。

真雪はテーブルをずらして、健作の目の前に立つ。そして、赤いエプロンをはずすと、ブラウスのボタンに指をかけた。

4

「あ、あの……なにを……」

健作はとまどいの声を漏らした。

真雪がブラウスを脱いで、純白のブラジャー姿になっている。ついつい乳房の谷間に視線が引き寄せられてしまう。

すると、彼女はスカートとストッキングも取り去り、ブラジャーとセットのパンティを露にした。薄い布地が貼りつくことで恥丘の形が強調されている。肉厚でぷっくりしており、縦に走る割れ目がうっすらわかった。

「健作さんの気持ちがうれしかったから……それに……」

真雪はそこで言葉を切ると、いったん睫毛《まつげ》を伏せる。そして、意を決したように言葉を紡ぐ。

「わたしも、癒されたいんです」

瞳はしっとり潤んでいる。くびれた腰をよじらせて、ぴったり閉じた内腿をもじもじさせる。

「こういうこと、全然、ないから……」

真雪はそうつぶやき、下唇をキュッと嚙む。せつなげな表情から一抹の淋しさと、女の艶《なま》めかしさが滲み出ている。

(ま、真雪さん……)

彼女の色気に圧倒されてしまう。名前を呼んだつもりが、声にすらなっていなかった。

そういえば、先日のホテルでも男に触れるのは「久しぶり」と言っていた。やはり、夫婦生活から遠ざかっているのではないか。夫が浮気していることを考えると、そう解釈するのが自然な気がする。

「でも、これっきりにしてください」

「は、はい……」

健作はなんとか声を絞り出すと、慌ててカクカクとうなずいた。

諦めていただけに驚きを隠せない。再び真雪に筆おろしをしてもらうチャンスが訪れたのだ。絶対にこの機会を逃したくない。

真雪が両手を背中にまわして、ブラジャーのホックをはずす。とたんにカップが弾《はじ》け飛び、双つの乳房が勢いよくまろび出た。

（ああっ、真雪さんの……）

健作は思わず目を見開き、心のなかで唸った。

もう二度と拝めないと思っていた真雪の乳房が目の前にある。柔らかそうにタプンッと弾み、曲線の頂点では濃いピンク色の乳首が揺れている。それを目にしただけで、ペニスが硬くいきり勃《た》った。

「やっぱり、恥ずかしい……」

真雪は独りごとのようにつぶやき、パンティのウエスト部分に指をかける。そして、前かがみになっておろしていく。

恥丘を彩っているのは、自然な感じで生えた陰毛だ。漆黒の縮れ毛が、地肌の白さを強調している。見事なコントラストを描いており、思わず視線が引き寄せられた。

「そんなに見られたら……」

真雪は抗議するようにつぶやき、頬を赤く染めあげる。

それでも、恥ずかしげな内股《うちまた》になりながら片足ずつ持ちあげて、パンティをつま先から抜き取った。

これで真雪が身につけているものはなにもない。健作の目の前で、一糸纏わぬ姿になっている。右手で乳房を、左手で股間を覆っているが、熟れた女体を隠しきれるはずがない。たっぷりした乳房も、くびれた腰も、左右に張り出した尻も剝き出しだ。

（ま、真雪さんが裸に……）

健作はソファに腰かけたまま、瞬《まばた》きするのも忘れて女体を凝視する。すでにスラックスの股間は大きく盛りあがり、興奮のあまり鼻息が荒くなっている。ペニスの先端から我慢汁が溢れて、ボクサーブリーフの裏地がヌルヌルになっていた。

「健作さんも……」

もじもじしながら真雪がつぶやく。

そう言われて、健作は慌ててネクタイをほどきはじめる。ワイシャツと肌着を脱ぎ捨てると、スラックスとボクサーブリーフを一気におろした。

勃起したペニスが剝き出しになり、羞恥がこみあげる。だが、自分より先に真雪が裸になっているのだ。健作は顔を火照らせながらも股間を隠すことなく、ソファに腰かけていた。

「ああっ、大きい……」

屹立した肉柱を見つめて、真雪がため息にも似た声を漏らす。そして、目の前にしゃがみこむと、ほっそりした指を太幹に巻きつける。

「ううっ……」

たったそれだけで甘い刺激がひろがり、腰に震えが走り抜けた。

健作は慌てて尻の筋肉に力をこめて、押し寄せる快感の波をやり過ごす。それでも尿道口から透明な汁がどっと溢れた。

「すごく熱いです」

「お、俺……ど、どうすれば……」

快感に耐えながら震える声で尋ねる。すると、彼女の指が太幹の表面をゆっくりスライドした。

「健作さんは、なにもしなくていいですよ」

「うっ……ううっ……」

呻き声が漏れてしまうのが恥ずかしい。

しかし、童貞の健作には刺激が強すぎる。ただ握られているだけでも、快感の波が次から次へと押し寄せるのだ。どうしても声を抑えられず、腰を小刻みに震わせた。

そんな健作の反応に気をよくしたのか、真雪が目を細める。そして、太幹の硬さを確認するようにニギニギと握りしめた。

「くううッ」

「ああンっ、すごく硬いです」

真雪がささやくたび、熱い吐息が亀頭に吹きかかる。それも快感となり、新たな我慢汁が溢れ出す。

「そ、それ……ううッ」

「気持ちいいですか」

「くッ……うううッ」

もう答える余裕もなく、健作は呻き声を漏らして何度もうなずく。すると、彼女の指が、ペニスからすっと放れた。

「そ、そんな……」

つい不満げな声が漏れてしまう。

快感が途切れて、屹立したペニスが虚しく揺れる。亀頭は大量の我慢汁でヌラヌラと濡れ光っていた。

「まだ出したらダメですよ」

真雪が小声でつぶやいて立ちあがる。男根に触れたことで昂ったのか、首から上がうっすら桜色に染まっていた。

両手を健作の肩に置き、股間をまたいでソファにあがる。両膝をベルベットの座面について、向かい合う格好だ。彼女の股間の真下に、我慢汁にまみれたペニスがそそり勃っていた。

「健作さん……本当にわたしでいいですか」

息がかかる距離で真雪が尋ねてくる。

その声を聞いただけで期待がふくれあがり、亀頭がさらに張りつめる。尿道口から新たな我慢汁が溢れ出した。

「ま、真雪さんがいいですっ」

健作は前のめりに返事をする。

人妻に告白するのは気が引けるが、想いに気づいてほしい。羞恥で顔が熱くなり、ペニスがさらに硬くなる。そこに彼女の白い指がからみついて、先端を膣口に導いた。

「うれしい……ありがとう」

真雪はせつなげな瞳で礼を言うと、腰をほんの少しだけさげる。その結果、亀頭の先端が数ミリだけ女壺に埋《うず》まった。

「ううっ……」

思わず小さな声が漏れてしまう。

ほんの少し沈んだだけだが、亀頭と陰唇が触れて蕩けそうなほど柔らかい感触がひろがった。甘い刺激が快楽を生み、腰に震えが走り抜けた。

「あンっ……久しぶりだから、ゆっくり……」

真雪の声には怯《おび》えが含まれている。

やはりセックスから遠ざかっていたのだろう。亀頭の先端をわずかに挿《い》れただけで、女陰を小刻みに震わせている。膣口と亀頭をなじませるように、腰を微かに揺らしていた。

(こ、これだけでも……ううっ)

健作は両手の爪をソファの座面に食いこませる。

先端に媚肉を感じているだけで、快感がふくらんでいる。気を抜くと、あっという間に流されそうだ。まだ数ミリしか入っていないのに達するわけにはいかない。とにかく、理性を保つのに必死だった。

「はあンっ、熱いです」

真雪がつぶやき、腰をゆっくり落としはじめる。亀頭が二枚の陰唇を押し開き、膣口に呑みこまれていく。真雪も興奮していたのか、内側は大量の愛蜜で潤っている。そのため、亀頭はいとも簡単にヌルリッと入りこんだ。

（は、入った……真雪さんのなかに入ったんだっ）

ここまで入れれば、挿入したと思っていいだろう。腹の底から悦《よろこ》びがこみあげる。ついに童貞を卒業した。ようやく大人の男の仲間入りをしたのだ。

しかも、真雪がはじめての相手をしてくれた。これ以上の初体験があるだろうか。密《ひそ》かに想いを寄せる人妻と、はじめてのセックスができたのだ。健作にとっては最高の筆おろしだ。

「もっと、奥まで……ああっ」

「おッ……おおッ」

経験したことのない快感がひろがり、たまらず呻き声が溢れ出す。

真雪が腰をじりじりと落として、マグマのように熱い媚肉がペニスを包みこんだのだ。膣壁が大きくうねり、太幹の表面を這いまわる。愉悦の波が次から次へと押し寄せて、瞬く間に射精欲がふくれあがった。

「くうぅッ、き、気持ちいいっ」

声に出さずにはいられない。

なにしろ、これがはじめてのセックスだ。目の前で揺れる乳房を見ているだけでも、気分が勝手に高揚する。膣のなかで我慢汁が溢れ出し、滑りがますますよくなった。

「ああンっ、お、大きいです」

真雪が困惑の声を漏らしながら、さらに腰を下降させる。

長大な肉柱が女壺のなかに沈みこみ、ようやく根元まで収まった。熱い媚肉に砲身全体を包まれて、反射的に両手で彼女の尻を抱えこむ。指先が柔らかい尻たぶにめりこむと、その感触すら快楽を煽るスパイスになった。

「あンっ、健作さん……」

「うぐッ……や、やばいっ」

危うく射精しそうになり、慌てて奥歯を強く食いしばる。全身の筋肉に力をこめて、快楽の大波をやり過ごした。

すぐに射精するのは格好悪い。それに真雪とはこれが最初で最後の交わりとなる。一秒でも長くつながっていたい。好きな女性とひとつになれたのだから、この時間を大切にしたかった。

「健作さんが……こ、ここまで来ています」

真雪はうわずった声でつぶやき、右手を自分の臍《へそ》の下にそっと当てる。健作のペニスがそこまで入りこんでいるらしい。

彼女の白い下腹部が艶めかしく波打つと、女壺のなかに根元まで埋まった男根が、四方八方から揉《も》みくちゃにされる。またしても強烈な愉悦が湧き起こり、射精欲がふくらんだ。

「ううッ、き、気持ちいいですっ」

「わ、わたしも……はああンっ」

真雪は両手を健作の肩に置いたまま、腰を石臼《いしうす》のようにまわしはじめる。肉柱が根元まで女壺に突き刺さった状態だ。ねちっこく腰をよじると、結合部分から湿った蜜音が響きわたる。真雪は女壺で男根を味わうように、腰をゆったりまわしつづけた。

「そ、それ、やばいですっ……うむッ」

快感の波が連続でいくつも押し寄せる。懸命に訴えるが、彼女の腰の動きはとまらない。それどころか、腰の回転がどんどん大きくなってくる。

「な、なかが擦れるんです……ああンっ」

真雪の瞳がとろんと潤んでいる。

感じているのは間違いない。夫以外のペニスを受け入れて、真雪が快楽を感じているのだ。その事実が、健作の欲望を燃えあがらせる。ペニスがさらにひとまわり大きくなり、張り出したカリが膣壁にめりこんだ。

「はあァッ、い、いいっ」

股間からクチュッと湿った音がして、真雪の甲高い喘ぎ声がほとばしる。

膣道全体が波打ち、膣口が猛烈に締まっていく。太幹の根元が絞りあげられて、またしても快感が突き抜けた。

「おおおッ、す、すごいっ」

健作は呻き声をあげると、彼女の尻をグッと引き寄せる。それと同時に本能のまま、目の前で揺れる乳房にむしゃぶりついた。

「はああンっ、け、健作さんっ」

乳首を口に含んだとたん、真雪の唇から甘い声が漏れる。身体が仰《の》け反り、膣がキュウッとさらに収縮した。

「ううッ、そ、そんなにされたら……」

呻きながらも乳首をしゃぶりつづける。

野苺のような愛らしい突起に舌を這わせて、唾液をたっぷりまぶしていく。ネロネロと舐めまわせば、すぐに充血して硬くなる。そこをチュウチュウと吸いあげると、女体が敏感に反応した。

「はううッ、ダ、ダメですっ」

真雪が甘い声で訴える。

だが、健作は構うことなく双つの乳首を交互に舐めまわす。受け身にまわると快楽に耐えられそうにない。だから、乳首をしゃぶっては、ときおり前歯を立てて甘噛みする。

「ひンッ……か、噛まないでください」

真雪が首を左右に振りたくる。

口では抗議しているが、乳首はますます硬くなり、膣の締まりも強くなる。腰の動きが回転運動から、前後にしゃくるような動きに変化する。クイッ、クイッと締めあげられた。

「ううッ、す、すごいっ、気持ちいいっ」

「あぁッ、あぁッ、わ、わたしも……き、気持ちいいですっ」

「おおッ、も、もうっ、おおおおッ」

鮮烈な快感が突き抜ける。ペニスを絞りあげられて、もうこれ以上、我慢できそうにない。頭の芯まで痺れて、全身がバラバラになりそうな愉悦の大波が押し寄せた。

「ダ、ダメですっ、も、もう出ちゃいますっ」

肉づきのいい尻たぶを両手で抱えて、指先をめりこませながら訴える。ペニスが破裂しそうなほどふくらみ、小刻みにヒクヒクと震え出す。

「あああッ、わ、わたしも、もう……はあああッ」

真雪の腰の動きが加速する。股間を思いきりしゃくりあげて、屹立した男根を絞りあげる。彼女のせつなげな表情も射精欲を煽り、いよいよ最後の瞬間が迫ってきた。

「おおおッ……おおおおッ」

唸ることしかできなくなる。少しでも長引かせたいと粘るが、全身の細胞が沸騰して、頭のなかがまっ赤に染まった。

「ま、真雪さんっ、お、俺っ……俺っ……」

無意識のうちに腰を振り、彼女の動きに合わせてペニスをより深い場所まで突きこんだ。

「あぁッ、だ、出して、あぁあッ、わたしのなかに出しくださいっ」

真雪の懇願するような声が引き金となり、ついに凄まじい絶頂の大波が轟音《ごうおん》を立てて押し寄せる。あっという間に巨大なうねりとなって、対面座位で腰を振り合うふたりを呑みこんだ。

「おおおおッ、で、出るっ、出る出るっ、ぬおおおおおおおッ！」

たまらず雄叫《おたけ》びをあげると同時に、媚肉に包まれたペニスが脈動する。大量のザーメンが噴きあがり、鮮烈な快感が突き抜けた。

「あああぁッ、あ、熱いっ、あああッ、はあああああああッ！」

真雪もよがり泣きを響かせると、健作の背中に手をまわしてしがみつく。乳房が胸板に押し当てられてプニュッとひしゃげた。女体をガクガク痙攣させて、アクメへと昇りつめていく。

「ま、真雪さんっ、おおおおおッ」

女壺が激しくうねるから、快感曲線がなかなか落ちてこない。射精が延々とつづき、頭のなかがまっ白になっていく。かつて経験したことのない愉悦に包まれて、もう健作はなにも考えられなくなっていた。

「あアンっ……」

真雪が両手で健作の頭を狂おしく抱き、唇を重ねてくる。

すぐにディープキスに発展して、ふたりは舌をからめ合った。絶頂の余韻が濃厚に漂うなか、互いの唾液を延々と味わった。

第三章　欲望に身をまかせれば

1

健作は自分のデスクでパソコンに向かっている。

今日、外まわりで訪問する会社を確認して、どの製品を売りこむか検討しているところだ。

健作の仕事に取り組む姿勢が変わったことで、同僚たちが話しかけてくれるようになった。健作から周囲にアドバイスを求めるようになり、少しずつ仕事のスキルがあがっていた。

新しいコピー機やパソコンを導入してもらえれば売上は一気にあがるが、それはなかなかむずかしい。単価は低くても、ボールペンやクリップ、クリアファイルなどを切らさず納品するのが重要だ。

先方の担当者としっかりコミュニケーションを取っていれば、どのような製品を売りこめばいいかも自然とわかるものだ。コツコツ積み重ねていくことが大切だと、ようやくわかってきた。

課長には相変わらず目をつけられているが、それでも怒られる回数は確実に減っている。つまらないミスがなくなり、怒鳴られて不快な思いをすることもほとんどなくなった。

真雪と出会ったことで、すべてが変わった気がする。

これまでは投げやりなところがあった。がんばっても、どうせ無駄だと諦めていた。しかし、真雪と触れ合って心が癒されたせいか、自然と前向きになれた気がする。

真雪と身体を重ねてから一週間が経っていた。

想いを寄せる女性がはじめての相手をしてくれたのだ。これほど幸せな初体験はなかった。真雪のやさしい声と柔らかい身体、そして膣道がもたらす神秘の快楽が身と心に刻みこまれている。

一生の思い出になったのは間違いない。

二十五歳まで童貞で劣等感を抱えていたが、そのすべてを払拭《ふっしょく》する素晴らしい体験だった。

しかし、その一方で胸が苦しくなる思いも抱えている。

初体験を回想して、真雪のことを考えるたび、あのときの言葉が脳裏によみがえるのだ。

――でも、これっきりにしてください。

確かに真雪はそう言った。

興奮状態で聞いたが、耳の奥にはっきり残っている。彼女のせつなげな表情も忘れられない。

パソコンに向かいながらも、健作の胸にさまざまな思いが湧きあがる。

最初から一度だけという約束だった。人妻の真雪と関係がつづくとは思っていない。できればつき合いたいが、それは無理だとわかっている。だが、客として店に行くなら許されるのではないか。

(真雪さん、いやがるかな……)

そんな気がして、陽だまり珈琲店に顔を出していない。

人妻である以上、もう二度と触れられないのは仕方がない。でも、会うこともできないのはつらすぎる。せめて、顔を見たい。店に行きたいが、拒絶されるのが怖くて行動に移せなかった。

陽だまり珈琲店のソファで交わったときのことを思い出す。

絶頂の余韻が冷めると、真雪は健作の股間からおりて、そそくさと身なりを整えた。健作も服を身につけるが、ふたりの間に言葉はなかった。なんとなく気まずい空気が流れていた。

「あ、ありがとうございます……」

やっとのことで言葉を絞り出すと、真雪は視線を落として首を弱々しく左右に振った。

「忘れてください……もう、わたしのことは思い出さないで……」

淋しげなつぶやきが、今も頭から離れない。

健作と関係を持ったことを後悔しているのだろうか。彼女は元来まじめな性格だ。夫の浮気のせいで心が不安定になっていたとしても、罪悪感に苛まれているのではないか。

それを考えると、二度と真雪の前に現れるべきではない。彼女の気持ちを思うならそうするべきだ。

頭ではわかっている。だが、心が拒絶していた。

(会いたい……真雪さんに会いたいんだ)

真雪のことが頭から片時も離れない。

時間とともに気持ちは薄れていくと思った。しかし、実際は時間が経つほどに会いたい気持ちが募ってくる。仕事は順調だが、胸は苦しくなっている。このままでは、いつか気持ちが破裂してしまいそうだった。

外まわりをして、事務所に戻ったのは午後五時をまわっていた。

行く先々で商品の売りこみをしていたら遅くなってしまった。営業日報を書いて、タイムカードを押すときには午後六時になっていた。

会社をあとにして駅に向かう。

電車に乗ると、いつものように真雪の顔が脳裏に浮かぶ。次の駅で降りるか迷いながら、すでに一週間がすぎていた。

会いたい気持ちが強い。しかし、迷惑がられるかもしれないと思うと、足が向かなかった。

（でも……）

これ以上は耐えられない。

どうしても、真雪の顔が見たい。会話が弾まなくても構わない。たとえ拒絶されても、離れたところから眺めているだけでいい。もう、これ以上、気持ちを抑えることはできなかった。

ひと駅で電車を降りると、ホームの階段を駆けおりて改札を抜ける。線路沿いの道を走り、雑居ビルに向かった。エレベーターに乗って二階で降りると、陽だまり珈琲店の前にたどり着いた。

ところが、ドアのガラス窓はカーテンで閉ざされていた。

だが、カーテンごしに明かりが漏れている。ドアノブに手をかけるが、鍵がかかっていた。営業時間は午後七時までだ。まだ六時すぎなのに、どうしたのだろうか。

だが、明かりがついているということは、まだ真雪がいるのではないか。健作は迷ったすえにドアをノックした。

すると、店内から微かな物音が聞こえた。すかさず耳をそばだてるが、なにも聞こえない。だが、先ほどは確かに人の気配があった。なにより、明かりがついているのだから誰かがいるはずだ。

(なんか、おかしいな……)

このまま帰る気にはなれない。

真雪に会いたくて、勇気を振り絞って訪れたのだ。ここまで来たのだから、ひと目だけでも顔を見たい。このドアの向こうにいるかもしれないと思うと、居ても立ってもいられなかった。

もう一度、ドアをノックする。しかし、反応はない。それでも諦めきれずに何度もノックした。

「真雪さん……」

声に出して呼びかける。

彼女の名前を口にすると、ますます会いたい気持ちが強くなる。ついノックする手に力が入った。

「真雪さん、いないんですか」

そこにいてほしい。いるのなら、このドアを開けてほしい。そして、ひと目だけでも顔を見せてほしい。そう願いながらドアをノックしつづける。

「俺です。開けてください」

確信はなかったが、とにかく必死で呼びかける。

すると、またしても店内で物音がした。やがて解錠する音が響いて、ドアがゆっくり開いた。

2

「健作さん……どうして……」

ドアの隙間から真雪の顔が見える。目を赤く泣き腫《は》らしており、やつれた表情になっていた。

「真雪さんに会いたくて……」

迷ったのは一瞬だけだ。健作は正直に思っていることを口にした。

とたんに真雪は顔を歪めると、大粒の涙をこぼしはじめる。溢れた涙が頬を伝い流れて、顎の先から滴り落ちた。

「わ、わたしなんかに会っても……」

それ以上は言葉にならない。真雪は悲しげな嗚咽《おえつ》を漏らして、顔をうつむかせてしまう。

「なにかあったんですか」

思わず問いかけると、真雪は口もとを押さえて首を左右にゆるゆると振った。

「そんなわけないでしょう。俺でよかったら話してください」

必死に語りかけるが、真雪はなにも言ってくれない。ただ肩を震わせて、涙を流しつづけていた。

「なかに入ってもいいですか」

本来ならまだ営業している時間なので、常連客が来るかもしれない。ここで立ち話をしているのはよくないだろう。健作が尋ねると、真雪はドアを大きく開いてくれた。

「失礼します」

店内に足を踏み入れる。すると、真雪はドアに鍵をかけて、カウンターのスツールに腰かけた。

健作は少し迷ったが、彼女の隣のスツールに座った。

とりあえず、彼女が落ち着くまで待つべきだろう。健作はなにも話しかけることなく、黙って隣に座っていた。

店内は音楽も流れておらず、静まり返っている。真雪の嗚咽だけが、悲しげに響いていた。今日は朝からまったく営業していなかったのかもしれない。真雪は出勤してから、ずっと泣きつづけていたのではないか。

（もしかして、また……）

出会った日のことを思い出す。

あの日は朝帰りした夫を問いただして、平手打ちされたと言っていた。ショックを受けた真雪は、このビルの屋上に佇んでいたのだ。

やはり夫となにかあったのではないか。そう考えるのが、いちばん自然な気がした。予想どおりならデリケートな問題だ。なおさら急《せ》かすことはできない。とにかく、彼女が落ち着くまで待つしかなかった。

真雪は隣で顔をうつむかせている。いつしか嗚咽は収まり、今は指先で目もとを拭っていた。

「夫とは、もう無理なんです……」

消え入りそうな声だった。

真雪はうつむいたまま、ぽつりとつぶやいた。もう涙はとまっているが、悲痛な表情を浮かべている。

（こういうときは、やっぱり……）

胸に複雑な思いが湧きあがる。

暴力を振るう夫といっしょにいても、真雪が幸せになれると思えない。それでも、彼女が悲しんでいるのなら慰めるべきだろうか。

「きっと大丈夫ですよ」

言いたいことを呑みこみ、静かに語りかける。

もし自分が真雪の夫だったら、絶対に悲しませることはしない。別れたほうがいいと思いながら慰めるのはつらかった。

「違うんです……」

真雪がぽつりとつぶやく。そして、いったん黙りこんでから、意を決したように語りはじめた。

「もう、夫と暮らしていくのは無理だと思って……それで、わたしのほうから離婚を切り出したんです」

夫とは修復が不可能だと悟っていたらしい。

まったく予想していなかった展開だ。まさか、そんなことになっているとは思いもしなかった。

「だけど、夫が応じてくれないんです」

「でも、旦那さんは浮気をしているんですよね」

ついストレートに尋ねてしまう。浮気をしたのは自分なのに、離婚を拒否するとはどういうことだろうか。

「あの人、プライドが高いんです。准教授という立場上、世間体を気にしているんだと思います」

真雪の説明を聞いて怒りがこみあげる。

妻の気持ちは無視して、自分のことだけを考えているのだ。浮気をしておきながら身勝手にもほどがある。

(なんてやつだ……)

思わず腹のなかで吐き捨てた。

そのとき、真雪が顔をすっとあげて、潤んだ瞳を健作に向ける。視線と視線が重なり、胸に熱いものがひろがった。

「健作さんまで巻きこんでしまって……本当にごめんなさい」

唐突に謝罪されて、健作は困惑してしまう。どうして彼女が謝るのか、意味がまったくわからなかった。

「つくづく自分がいやになってしまいました」

真雪は再び視線を落とすと、ぽつりぽつりと語りはじめる。

「夫に浮気をされて、淋しかったんです……そこに健作さんが現れて……」

出会った日のことに違いない。たまたま、真雪がビルの屋上に佇んでいるのを目撃して、慌てて駆けつけたのだ。

「健作さんの純粋な心を利用したんです」

「そんなことありません」

健作は即座に否定する。だが、真雪は首を小さく左右に振った。

「わたしは一時の心の淋しさを埋めたかっただけなんです。浮気をした夫への腹いせもあったと思います……わたし、最低な女です」

やはり、真雪は罪悪感を抱えていたらしい。

だが、健作は勘違いをしていた。てっきり夫に対して罪の意識を持っていると思っていた。実際、それもあるのかもしれないが、彼女は健作に対しても罪の意識を感じていたのだ。

「そんなことを言ったら、俺だって……真雪さんを利用したようなものじゃないですか」

胸の奥がチクリと痛んだ。

真雪に誘われるままセックスをした。人妻とわかっていながら拒絶せず、筆おろしをしてもらった。そのことに健作は罪悪感を持っていなかったが、真雪の淋しさにつけこんだと言われたら否定できない部分はある。

「だけど、俺は真雪さんに出会ったことで変われたんです。心が癒されて、前向きになって……以前は適当だったけど、今は仕事もがんばっています。全部、真雪さんのおかげです」

気づくと必死に語りかけていた。

我に返ると恥ずかしくなるが、すべて本心だ。真雪と出会ったことで、人生が変わったと言っても過言ではない。

「やっぱり、健作さんはおやさしいです……」

真雪が穏やかな声でつぶやいた。

顔をあげて視線を向ける。口もとには微笑が浮かんでいるが、瞳からは涙が溢れていた。

「でも、健作さんに甘えるわけにはいきません」

「どうしてですか」

健作はかぶせぎみに尋ねる。

好きな人が甘えてくれるのなら、これほどうれしいことはない。たとえ、一時の淋しさを癒すためだとしても、それを恨むことは決してないと誓える。少しでも彼女の力になりたかった。

「わたしは、人妻だから……」

真雪はそう言って睫毛を伏せる。

だから、一度だけの交わりと決めていたのだろう。健作とかかわるべきではないと考えたに違いない。

──もう、わたしのことは思い出さないで……。

最後にそう言ったのも、健作と距離を取るためだ。

淋しさから関係を持ったが、健作の純粋な心を利用していることに罪悪感を覚えた。だから、あえて突き放すようなことを言ったのだ。

「でも、客としてここに来るなら問題ないですよね」

これでお別れなんて納得できない。真雪に嫌われたのなら仕方ないが、そういうわけではなかった。

「ごめんなさい……これ以上、健作さんを巻きこみたくないの」

「俺、巻きこまれたなんて思っていません」

なおも食いさがるが、真雪は首を小さく左右に振りつづける。

「ここには来ないほうがいいわ」

「無理ですっ」

つい声が大きくなってしまう。

ふくれあがる想いを抑えられない。もう、真雪と出会う前には戻れない。ふたりは出会ってしまったのだ。惹かれてしまった以上、真雪のいない生活など考えられなかった。

「わがまま、言わないでください」

「無理なものは無理です。俺は、真雪さんの近くにいたいですっ」

自分でも無茶苦茶なことを言っていると思う。それでも、この熱い気持ちをとめられない。拒まれるほど、彼女を求める気持ちが強くなった。

「け、健作さん……」

真雪がとまどいの表情を浮かべる。眉を困ったような八の字に歪めて、健作の顔を見つめている。

「自信を持って言えます。旦那さんより、俺のほうが真雪さんのことを想っています。真雪さん、好きですっ」

勢いのまま告白する。

真雪が口もとに手をやり、目を大きく見開いた。なにか言おうとするが、驚きのあまり言葉が出ないらしい。肯定も否定もせずに、健作の目をじっと見つめていた。

（お、俺……た[illegible]……）

彼女の表情を[illegible]して、健作はようやく我に返った。

熱い気持ちを抑えられなくなり、気づくと口に出していた。人妻に言ってはいけないと思っていたのに、つい勢いにまかせて告白してしまった。

今、言うことではなかった気がする。想いを伝えるにしても、もう少しスマートな方法があったのではないか。言った直後に後悔するが、なぜか彼女の瞳から新たな涙が溢れ出した。

「ご、ごめんなさい。わたし……」

真雪は指先で涙を拭う。

しかし、涙は次から次へと溢れている。指先で拭うだけでは追いつかず、結局は流れるままにまかせた。

（やっぱり、まずかったか……）

彼女を泣かせてしまった。

急に告白されて困っているのだろう。想いを伝えたかっただけだが、墓穴を掘る結果になったかもしれない。

「うれしく[illegible]言ってもらったの、はじめてだから……」

意外[illegible]

思い[illegible]しまう。不器用だからこそ、ストレートな言葉は彼女の心[illegible]。

「じゃあ[illegible]なにを[illegible]」

健作は[illegible]目に[illegible]問いかける。

すると[illegible]ながら、こっくりうなずいた。そして、ためらいつつも震える[illegible]開く。

「わたしも……[illegible]」

まさか、そ[illegible]聞けるとは思いもしなかった。信じられないことに、健作の気持ち[illegible]たのだ。

(や、やっ[illegible]

一気に喜[illegible]

だが、す[illegible]ぶ。真雪は人妻だ。これから、どういうつき合い方をして[illegible]。

「お気持ち[illegible]。でも、わたしは……」

真雪も健作と同じことを思っている。

心は通じ合っても、決して交わることは許されない関係だ。それでも、ふたりは互いを必要としている。

彼女が人妻でも、そばにいたい。たとえいっしょになれなくても、好きだという気持ちに嘘はなかった。

「それでも、いいです。とにかく、俺は真雪さんが好きなんです」

この熱い気持ちを伝えたい。どうにもならない関係だとしても、本気だということはわかってほしかった。

「でも、健作さんに迷惑をかけるようなことになったら……」

真雪が小声でつぶやいた。

夫のことを言っているのではないか。すでに愛はないのに、離婚に応じようとしない男だ。万が一、健作と真雪の関係を知ったら、どういう態度に出るかわからない。

「お、俺、こんなに人のこと好きになったのはじめてなんです。だから、やっぱり……真雪さんといっしょにいたいです」

先のことを考えると不安になる。だが、それ以上に惹かれる気持ちのほうが強かった。

真雪が顔をすっと寄せる。そして、唇をやさしく重ねてきた。

「んっ……ま、真雪さん」

柔らかい唇の感触が、不安を押し流していく。そして、期待と興奮が湧きあがった。

「このあと……お時間、ありますか」

真雪が潤んだ瞳でささやいた。

健作がなにも言えないままうなずくと、彼女も呼吸を微かに乱しながらうなずいた。

3

「いっしょに行きたいところがあるんです」

真雪はそう言って健作をうながすと、タクシーに乗りこんだ。

十数分後に到着したのは、数駅離れたところにあるホテル街だ。しかも、毒々しいピンクや紫のネオンが瞬き、昭和の匂いがプンプン漂っている。話には聞いたことがあったが、実際に訪れるのはこれがはじめてだ。

そして今、ふたりは並んでホテル街を歩いている。肩と肩がときおり触れ合うたび、気分がどんどん高揚する。

（真雪さんの行きたかったところって……）

健作は心のなかでつぶやいた。

横目で隣を見やれば、真雪は顔を紅潮させている。彼女も昂っているのは間違いない。

そのとき、前方から中年のカップルが歩いてきた。男は堂々としているが、女性のほうは恥ずかしげに顔をうつむかせる。これからセックスするのか、それともすでに終えたあとなのか。

（ここに来たってことは、俺も真雪さんと……）

そんなことを考えるだけで、股間がズクリと疼《うず》いてしまう。

隣を歩いている真雪が、ジャケットの袖を遠慮がちに摘まんだ。そして、身体をすっと寄せる。

「健作さんが……選んでください」

消え入りそうな声だった。

だが、健作はラブホテルに入ったことがない。興奮ばかりがふくれあがり、どれも同じに見えてしまう。とにかく、早くふたりきりになりたくて、たまたま通りかかったホテルを指さした。

「こ、ここは、どうですか……」

震える声で提案すると、彼女はこっくりうなずいてくれる。

さっそく生け垣で目隠しされた入口に向かう。なかに入ると、壁に各部屋の写真パネルがある。電光パネルになっており、どうやら光っているところが空室らしい。

(どこでもいいから、早く……)

健作は適当に選んでパネルにタッチする。すると、休憩か宿泊かを選ぶようになっていた。

仮にも真雪は人妻だ。さすがに朝帰りはまずいだろう。そう思って、相談することなく休憩を選択する。画面が切りかわり、選んだ部屋に向かうように表示された。フロントで鍵を受け取るのではなく、部屋の鍵が自動で開くシステムらしい。料金は帰るときに、部屋にある自動精算機で払うようだ。

誰にも会わずに出入りできるようになっている。ラブホテルのシステムに感心しながら廊下を進んだ。各部屋のドアの横に、部屋番号が書かれたプレートがある。健作が選んだ部屋番号のプレートが赤く点滅していた。

(こ、ここだな……)

緊張しながらドアを開ける。そして、先ほどから隣でうつむいたままの真雪をうながした。

「ど、どうぞ……」

「あ、ありがとうございます」

答える声が微かに震えている。真雪も緊張しているらしい。顔をまっ赤にしながら、部屋のなかに足を踏み入れた。

健作もあとにつづくと、どぎついピンク色の空間がひろがっていた。

(なんだ、これは……)

思わず立ちつくして、部屋のなかに視線をめぐらせる。

それほど広くない空間の中央に、巨大なベッドが置いてある。壁紙もシーツも白のようだ。照明の色によって、部屋全体がピンクに染まっているらしい。枕もとのパネルにたくさんのボタンがあり、照明やテレビ、空調などを操作できるようになっていた。

（今から、ここで……）

健作の前には真雪が立っている。なにを考えているのか、彼女はベッドをじっと見つめたまま動かない。もしかしたら、気が変わったのではないか。

「あ、あの……」

恐るおそる声をかける。

すると、真雪がゆっくり振り返った。瞳はしっとり濡れており、心なしか呼吸が荒くなっている。興奮しているのは明らかだ。この状況で、彼女の気が変わると思えない。

「健作さん……」

真雪が両手を伸ばして、健作の首のうしろにそっとまわす。睫毛を伏せながら顔を寄せると、そのまま唇をぴったり重ねた。

（ああっ、真雪さん……）

思わず心のなかで彼女の名前を呼んだ。

唇の柔らかさを感じた直後、柔らかい舌がヌルリッと口内に入りこむ。やさしく這いまわり、舌先で歯茎をくすぐる。健作もすぐさま舌を伸ばして、積極的にからみつかせた。

「はンンっ……」

真雪が吐息を漏らして反応する。

だから、なおさらディープキスは激しさを増していく。両手を彼女のくびれた腰にまわして、舌を深く深く差し入れる。すると、真雪はすかさずジュルルッと吸いあげた。

「うむむっ、ま、真雪さん……」

唾液ごと舌を吸引されて、頭の芯まで痺れはじめる。

キスだけで興奮が高まっていく。健作も真雪の舌を思いきり吸いあげる。とろみのある彼女の唾液が口内に流れこみ、ためらうことなく嚥下した。

(ああっ、なんて甘いんだ……)

唾液を交換することで、ますます気分が高揚する。

すでにペニスはこれでもかと張りつめて、スラックスの股間を内側から持ちあげている。存在を誇示するように、あからさまなテントを張っているのだ。しかも、硬く突き出た部分が、彼女の下腹部にめりこんでいた。

「あンっ……はあンっ」

舌を深くからめながら、真雪が艶めかしい声を漏らしている。

ペニスの硬い感触に昂っているのかもしれない。腰を右に左によじらせて、さらに舌を吸いあげた。

(も、もう……)

これ以上は我慢できない。

健作はキスをしたまま、彼女の身体からコートを剝《は》ぎ取り、ブラウスのボタンをはずしていく。前がはだけると即座にブラウスも奪い取った。

「ああっ……」

唇を離して、真雪がせつなげな瞳で見あげる。

女体に纏っているのは、純白のブラジャーだ。健作はスカートもおろして、彼女の足から抜き取った。さらにストッキングも脱がすと、股間にはブラジャーとおそろいのパンティが貼りついていた。

どぎついピンク色の照明が、真雪の身体を淫《みだ》らに彩っている。白い肌が艶めかしく感じられて、健作の欲望は一気に限界近くまで高まった。

「健作さんも……」

真雪がジャケットを脱がしてくれる。

ほっそりした指でネクタイを緩めて抜き取ると、ワイシャツのボタンをはずしはじめた。健作はもどかしくなり、スラックスと靴下を自分で脱ぎ捨てる。さらにボクサーブリーフに指をかけると、真雪が手首をそっとつかんだ。

「それは、わたしにさせてください」

濡れた瞳で見つめられて、健作は思わずうなずいた。

すでに上半身は裸になっている。健作が身につけているのはグレーのボクサーブリーフ一枚だけだ。大きくテントを張った先端には、我慢汁の黒い染みがひろがっていた。

「先に、わたしが……」

真雪はまずブラジャーを取り去り、たっぷりした双つの乳房を露にする。興奮の度合を示すように、乳首はすでに硬くなって、乳輪までドーム状に盛りあがっていた。

さらにパンティを引きさげると、黒々とした陰毛がふわっと溢れ出す。内腿をぴったり閉じて恥じらう姿が、牡の欲望をもりもり煽り立てた。

真雪は全裸になると、健作の目の前でしゃがみこんで両膝を絨毯《じゅうたん》につく。ちょうど、健作の股間と彼女の顔の高さが同じになった。

「失礼します」

両手の指先をボクサーブリーフのウエスト部分にかける。そして、勃起したペニスに気をつけながら、布地をそっとまくりおろした。

「ああっ、すごいです」

雄々しくそそり勃ったペニスを目の当たりにして、真雪がため息まじりの声を漏らす。

我慢汁の強烈な臭《にお》いがひろがるが、真雪はいやがるどころか大きく息を吸いこんだ。瞳がとろんと潤み、艶めかしい女の表情になる。発情しているのか、息づかいがますます荒くなった。

ボクサーブリーフが足から抜き取られる。

これで、ふたりとも生まれたままの姿になった。飾るものがすべてなくなり、ただの男と女になったのだ。

真雪がひざまずいたまま、上目遣いに見あげている。視線が重なることで、気持ちはどこまでも高まっていく。想いを寄せる人と、一刻も早くひとつになりたくてたまらない。

「健作さんの望むこと、なんでもしてあげたいんです」

真雪がぽつりとつぶやいた。

熱い吐息が亀頭に吹きかかり、それだけで快感がひろがっていく。思わず腰がブルルッと震えて、尿道口から新たな我慢汁が溢れ出す。それが亀頭全体に染みわたり、妖《あや》しげな光を放ちはじめた。

「なんでも言ってください」

真雪はそうつぶやきながら、顔を徐々に股間へと近づける。

さくらんぼを思わせる艶やかな唇が、今にも亀頭に触れそうだ。口づけされるのを想像しただけで、ペニスがピクッと跳ねあがった。

「元気なんですね」

またしても吐息が吹きかかり、期待が限界までふくらんだ。

(真雪さんに舐めてもらったら……)

きっと夢のような快楽に違いない。

いつかフェラチオを経験したいと思っていた。インターネットやAVで見ていた淫らな行為だ。女性の柔らかい唇で愛撫《あいぶ》してもらったら、どれほど気持ちいいのだろうか。

でも、自分からフェラチオしてほしいとは言えない。そんなことを言えば、彼女に引かれるのではないか。しかし、願望がふくれあがる一方だ。ペニスはさらに硬くなり、臍につきそうなほど反り返った。

「健作さん……」

真雪がひざまずいたまま、せつなげな瞳で見あげている。まるで、淫らなことを命じられるのを待っているようだ。

「言ってほしいです……わたしにしてほしいこと……」

いつしか悲痛な表情になっている。真雪の声には懇願するような響きが含まれていた。

(もしかしたら……)

ふと気がついた。

真雪は夫に浮気をされたことで傷ついている。まったく相手にされず、つらい思いをしてきたのだ。そんな経験から、誰かに求められたいと願っているのではないか。

「く、口で……口でしてほしいです」

健作は勇気を出して、願望を言葉にする。

顔が燃えるように熱くなり、ペニスがさらに硬くなった。淫らな要求にも、真雪はいやな顔をいっさい見せない。それどころか、やさしげな表情を浮かべて小さくうなずいた。

（ほ、本当にいいのか……）

自分で言っておきながら焦ってしまう。なんでもという話だったが、これほどあっさり受け入れてくれるとは驚きだった。

4

真雪の細い指が、太幹の根元に巻きついた。

そして、彼女の整った顔が股間に寄せられる。吐息が吹きかかり、やがて亀頭の先端に柔らかい感触がひろがった。

「うッ……」

思わず小さな呻き声が溢れ出す。

ついに真雪が亀頭にキスをしたのだ。硬くなった亀頭に柔らかい唇が触れると、それだけで快感が押し寄せる。さらに真雪は亀頭だけではなく、太幹にもついばむようなキスをくり返す。

「ま、真雪さん……うぅッ」

唇が触れるたび、甘い刺激が押し寄せる。健作は自分の股間を見おろして、腰を小刻みに震わせた。

「気持ちよくなってください」

真雪は睫毛をうっとり伏せている。ペニスに愛おしげなキスをして、ついには舌を伸ばして這わせはじめた。

そそり勃った肉柱の裏スジを、根元から先端に向かって舐めあげる。舌先が触れるか触れないかの微妙なタッチだ。敏感な裏スジを舌先でツツーッとくすぐられる。

「くぅうッ」

反射的に力が入り、両足の指を絨毯にめりこませた。

ペニスに受ける甘い刺激もさることながら、真雪が舌で愛撫しているという事実が快感を倍増させる。

もう二度と触れることはできないと思っていたのに、まさか真雪がフェラチオしてくれるとは信じられない。こうして見おろしているだけでも、視覚から欲望が煽られた。

「ンっ……ンっ……」

真雪はときおり鼻を鳴らしながら、裏スジに舌を這わせている。

脚の間に潜りこむようにして、顔を上向かせて舌を伸ばしているのだ。舌先がカリ首に到達すると、再び根元からじりじりと舐めあげる。それをくり返されることで、快感が亀頭に蓄積していく。

「そ、そんなにされたら……」

「気持ちいいですか……ンンっ」

やさしくささやきながら、真雪が裏スジにじっくり舌を這わせる。

舌先がカリ首の裏に到達すると、まるで焦《じ》らすようにチロチロと動かす。とたんに尿意をうながすような快感がひろがった。

「くううッ、き、気持ちいいですっ」

たまらなくなって訴える。

我慢汁が溢れつづけて、亀頭は破裂しそうなほど膨張する。それでも、射精させてもらえず、裏スジばかりを舐められているのだ。

「ううッ……ま、真雪さんっ」

「もっと気持ちいいこと、してほしいですか」

真雪が上目遣いに尋ねる。

その間も愛撫の手を休めることなく、張り出したカリの裏側を舌先でくすぐりつづける。しかも、ただ闇雲《やみくも》に舐めているのではなく、健作の反応が大きいところを集中的に責めていた。

「くうぅッ……も、もっと、もっとしてくださいっ」

呻きながら懇願する。

これ以上は我慢できない。もう射精したくてたまらない。だが、それにはもっと強い刺激が必要だ。

「ま、真雪さんっ、お願いしますっ」

「わかりました」

真雪は穏やかな声でつぶやき、亀頭の先端に口づけをする。そして、唇を徐々に開きながら表面を滑らせて、ついには亀頭をぱっくり咥《くわ》えこんだ。

「ううッ」

柔らかい唇がカリ首に密着する。それと同時に熱い息が亀頭を撫でて、いきなり快感の波が押し寄せた。

「き、気持ちいい……うぐッ」

懸命に奥歯を食いしばり、なんとか射精欲を抑えこむ。しかし、快感は持続しているので気は抜けない。全身の筋肉に力をこめるが、我慢汁は滾々《こんこん》と湧き出していた。

「ンっ……ンンっ」

真雪が顔をゆっくり押しつけて、男根がさらに呑みこまれていく。

溶けそうなほど柔らかい唇が、棍棒のように硬いペニスの表面をやさしく撫でる。ヌルリッ、ヌルリッと滑る感触が心地よくて、健作は思わず両手で彼女の後頭部を抱えこんだ。

「おううッ」

長大な肉柱がすべて彼女の口内に収まり、根元をキュッと締めつけられる。その瞬間、危うく射精しそうになって尻の筋肉に力をこめた。

「こ、こんなに……ううッ」

懸命にこらえるが、大量の我慢汁が溢れてしまう。すると、真雪の舌が亀頭の先端を這いまわり、口内できれいに拭ってくれた。

「ううッ、そ、それも、気持ちいいっ」

「ンっ……ンむむっ」

真雪は我慢汁を飲みくだすと、口のなかで肉竿に舌を巻きつける。

全体が唾液まみれにされる感覚がたまらない。隅々まで舌を這わせてから、真雪は頭をゆったり振りはじめた。

「はむっ……あふっ……はむンンっ」

「そ、そんなにされたら……ううッ」

射精欲が膨脹して、奥歯が砕けそうなほど食いしばる。しかし、竿の表面を彼女の唇が滑ると、快感が途切れることなく次々と押し寄せた。

「うぐッ、も、もっと、ゆっくり……」

このままでは、すぐに達してしまう。

呻きまじりに訴えるが、真雪は首振りをやめようとしない。徐々にスピードをあげて、唇をヌルヌルと滑らせる。

「ンっ……ンっ……ンっ……」

リズミカルに首を振り、確実に愉悦を送りこんでくる。先走り液が絶えず溢れているが、真雪はうっとりした顔で飲みくだす。そして、さらに首を激しく振り立てた。

「おおおッ、も、もうっ……もう出ちゃいますっ」

これ以上は耐えられない。なにしろ、はじめてのフェラチオだ。ペニスが蕩けそうな快楽が押し寄せて、健作はたまらず雄叫びをほとばしらせる。

「くおおおッ、で、出るっ、おおおおおおおおおおッ！」

頭のなかが燃えあがり、全身の毛穴から汗がどっと噴き出す。熱い口腔粘膜《こうくうねんまく》に包まれて、ペニスが思いきり脈動する。ザーメンが勢いよく飛び出し、彼女の喉の奥を直撃した。

「はンンンンッ」

真雪の呻き声がラブホテルの一室に響きわたる。

それでもペニスを咥えたまま放さない。注がれる側から精液を嚥下して、さらなる射精をうながすように舌先で尿道口を刺激する。首もねちっこく振りつづけることで、快感はなかなか落ちずに継続した。

すべてを放出して頭のなかがまっ白になると、ようやく真雪はペニスを解放する。そして、ゆっくり立ちあがり、健作の手を取ってベッドに導いた。

5

健作と真雪は並んでベッドに横たわっている。

淫靡《いんび》なピンクの光が降り注ぐなか、全裸で身を寄せ合っていた。しかし、健作のペニスは半萎《な》え状態だ。フェラチオでたっぷり射精したため、回復には時間がかかりそうだ。

「健作さんの好きにしていいんですよ」

真雪がやさしく語りかける。

そう言われても、今すぐというわけにはいかない。ひとつになりたい気持ちはあるが、まだ絶頂の余韻が色濃く漂っている。唇と舌で愛撫されるのが、これほど気持ちいいとは知らなかった。

「今は、まだ……」

健作が答えると、真雪が身を起こして脚の間に入ってくる。正座をして前かがみになり、両手をペニスの根元に添えた。

「な、なにを……」

「わたしが、元気にしてあげます」

フェラチオで射精した直後だというのに、再び亀頭にキスをする。そして、躊躇することなく口に含み、クチュクチュとしゃぶりまわす。舌をねちっこく這わせて、唇をやさしくスライドさせる。

「ま、待ってくださ――ううッ」

健作の訴えは、途中から快楽の呻き声に変わってしまう。

半萎えのペニスをしゃぶられて、瞬く間に快楽の波が押し寄せる。すべてを放出したと思っていたが、すぐにペニスは硬さを取り戻す。彼女の口のなかで勃起して、これでもかとそそり勃った。

「また大きくなりましたね」

ペニスを口に含んだまま、真雪がくぐもった声でつぶやく。

そして、勃起をより確実なものにするためか、首をゆったり振りはじめる。唇でしごかれると、尿道口から我慢汁が溢れ出した。

(真雪さんが、こんなことまで……)

健作は快楽に酔いながら、己の股間を見つめている。

あの真雪が、ここまでして男を奮い立たせるとは驚きだ。

陽だまり珈琲店では、いつも赤いエプロンをつけて、やさしげな笑みを浮かべている。コーヒーを愛する女性店主が、今は全裸で夫以外のペニスをしゃぶっているのだ。

（これから、俺とセックスするために……）

そう考えると、男根はますます雄々しく屹立した。

亀頭の先端からカウパー汁が溢れ出すのを自覚して、健作は彼女の頭をそっと撫でた。

「もう大丈夫です」

「ンンっ……すごいです」

真雪が股間から顔をあげる。そして、唇を濡らしているカウパー汁と唾液を指先で拭った。

「さっきより、硬くなっています」

そうささやく真雪の瞳は、期待にねっとり潤んでいる。ペニスをしゃぶったことで興奮しているのは間違いない。

「して……あなたのしたいこと、すべて」

艶めかしい声が鼓膜を振動させる。最高潮に昂り、勃起したペニスの先端から透明な汁が溢れ出した。

「真雪さん、ここに……」

健作は体を起こすと、真雪をベッドの中央で四つん這いにする。そして、自分は彼女の背後で、膝立ちの姿勢になった。

ピンクの照明の下で、熟れた女体が蠢いている。背中が軽く反っているのが艶めかしい。背骨の窪《くぼ》みも色っぽくて視線が吸い寄せられる。腰はしっかりくびれており、尻には適度な脂が乗っていた。

「うしろから……ですか」

真雪が首をひねって振り返り、恥ずかしげに尋ねる。しかし、瞳には期待の色が滲んでいた。

「やってみたかったんです。ダメですか」

「健作さんが望むなら……」

「ありがとうございます。では……」

健作は双臀《そうでん》に手のひらを重ねると、ゆったり撫でまわしにかかる。とたんに女体がビクッと反応した。

「あンっ……」

真雪の唇から小さな声が溢れる。

くすぐったかったのかもしれない。背すじをさらに反らすが、いやがっているわけではないようだ。その証拠に、真雪は腰をよじるだけで逃げたりしない。むしろ、自ら尻を突き出していた。

（ツルツルして、気持ちいい……）

まるで絹のようになめらかな触り心地だ。

健作は夢中になって、真雪の熟れ尻を撫でまわす。さらには指を柔肉のなかにめりこませていく。そうやって尻の弾力をじっくり楽しんでから、いよいよ臀裂を割り開きにかかった。

「ああっ……」

真雪が困惑の声を漏らす。

尻たぶを割られて、濡れそぼった女陰が露になったのだ。しかも、尻の穴まで剝き出しになっている。激烈な羞恥がこみあげているに違いない。それでも四つん這いの姿勢を崩そうとしなかった。

健作は勃起したペニスの先端を、陰唇に押し当てて上下に滑らせる。そうやってなじませてから、柔らかい部分にヌプッと沈みこませた。

「はうンッ」

　女体に震えが走り抜ける。

　真雪は両手でシーツをつかみ、挿入の衝撃を耐え忍ぶ。しかし、さらにズブズブと埋めこめば、女体の震えが大きくなった。

「あッ、ああッ……」

「は、入った……入りましたよっ」

　はじめてのバックでテンションがアップする。両手でくびれた腰をつかみ、一気に根元まで埋めこんだ。

「はああッ、そ、そんな、いきなり……」

　背中が弓なりに反り返る。真雪は抗議するようにつぶやくが、膣はうれしそうに男根を締めつけた。

「くううッ、す、すごい……」

　射精欲がこみあげて、たまらず唸る。フェラチオで放出していなければ、危ないところだった。

　早くも大量の我慢汁が溢れている。膣襞のうねりが快楽を生み、とてもではないがじっとしていられない。もっと気持ちよくなりたくて、さっそくピストンを開始する。

「あッ……あッ……」

すぐに真雪が喘ぎ出す。

四つん這いの格好で顎が跳ねあがり、黒髪がふわっと宙を舞う。尻を後方に突き出して、ペニスを突きこまれる快楽に酔っている。あの真雪が夫以外のペニスで感じているのだ。

「ま、真雪さんっ、おおおッ」

健作は唸りながら腰を振る。

この状況で興奮しないはずがない。はじめてのバックでぎこちないピストンだが、それでも力強く膣内を擦りあげる。カリで膣壁をえぐれば、女体はより顕著に反応した。

「はああッ、す、すごいですっ」

真雪が喘いでくれるから、ますますピストンに熱が入る。くびれた腰をつかんで、肉柱をグイグイと送りこんだ。

「ああッ、そ、そんなに……あああッ」

「き、気持ちいい……くううッ」

「はああッ、わ、わたしも……あああッ、き、気持ちいいですっ」

やがて真雪も腰を振りはじめる。

健作の抽送に合わせて、尻を前後に動かすのだ。その結果、長大なペニスが女壺のより深い場所まで到達する。膣道の行きどまりにコツコツ当たり、女体が激しく震え出す。

「あああッ、お、奥っ……あ、当たっています」

怯えの滲んだ声で訴える。しかし、膣は思いきり収縮して、ペニスを思いきり食いしめた。

「おおおッ、い、いいっ」

健作は呻きながらピストンを加速させる。もう昇りつめることしか考えられない。力強くペニスを突きこみ、欲望のままに女壺をかきまわした。

「あうッ、あううッ……お、奥ばっかり、ダメですっ」

口では「ダメ」と言いながら、女体は快楽に震えている。愛蜜の量は確実に増えており、まるで咀嚼《そしゃく》するようにペニスを締めつけた。

「ううウッ、ま、真雪さんっ」

「あああッ、い、いいっ、こんなのはじめてっ」

真雪が手放しで喘ぎはじめる。

そんな彼女の放った言葉が、健作の射精欲を刺激した。女壺に埋めこんだペニスがさらにひとまわり大きくなり、カリが膣壁にめりこんだ。

「はあああッ、け、健作さんっ」

「くううッ、も、もう、俺っ……」

「き、来てっ……来てくださいっ」

真雪が求めてくれるから、自然とピストンが加速する。腰をたたきつけるようにペニスを打ちこみ、ついに最後の瞬間が迫ってきた。

「おおおッ……おおおおッ」

「ああッ、あああッ、いい、いいっ」

健作の唸り声と真雪の喘ぎ声が交錯する。

女体に覆いかぶさり、両手で乳房を揉みしだく。柔肉に指をめりこませて、先端で揺れる乳首を摘まみあげた。

「あああッ、も、もうっ、あああッ」

あの真雪が獣のポーズで切羽つまった声をほとばしらせる。すべてがピンク色に染まるなか、ふたりは一心不乱に腰を振り合った。

「おおおおッ、で、出るっ、出る出るっ、くおおおおおおおおッ！」

凄まじい快感の嵐が巻き起こり、健作は雄叫びをあげて射精を開始する。ペニスを根元まで挿入して、思いきりザーメンを噴きあげた。

「はああッ、い、いいっ、すごいですっ、イクッ、イクうううッ！」

熱い粘液を膣奥に浴びた瞬間、女体が感電したように痙攣する。絶叫にも似たよがり泣きを響かせて、真雪もほぼ同時に昇りつめていく。背中を思いきり反らしながら、ペニスをグイグイ締めつけた。

かつて経験したことのない快感が突き抜ける。

ラブホテルで人妻と交わり、欲望のまま腰を振り合った。ふたりとも大きな声をあげて昇りつめた。

だが、肉体の快楽以上に、心の満足感が大きかった。想いがひとつになったことで、快楽はより深いものになっていた。

四つん這いになっていた真雪が、力つきたようにうつ伏せになる。まだペニスは膣に入ったままで、健作は彼女の背中に折り重なった。

「ま、真雪さん……」

かすれた声で呼びかける。

真雪が息を乱しながら、こちらに顔を向けた。

視線がからみ合い、吸い寄せられるように唇を重ねる。すると、胸に熱いものがこみあげた。

——もう、絶対に離さない。

言葉にはできないが、健作は心に誓う。

真雪は人妻だ。そのことを忘れたわけではない。

だが、もうこの熱い気持ちをごまかせない。真雪を好きな気持ちは誰にも負けない。できることなら、真雪を夫から奪いたかった。

第四章　はじめてづくしの夜

1

今朝も健作は満員の通勤電車に揺られている。

ドアの前に立ち、背後から見知らぬ乗客に押されるまま、窓ガラスに体を預けていた。

満員電車は相変わらず暑苦しいが、以前ほど不快ではない。

心持ちひとつで、すべての感覚が変わってくるから不思議なものだ。最近は仕事にも集中できており、徐々にではあるが営業成績もあがっている。課長に怒鳴られることも、まったくなくなっていた。

それというのも、プライベートが充実しているおかげだ。

車窓を流れる景色も美しく感じられる。降り注ぐ朝の陽光が光り輝き、すべてが希望に満ちている気がした。

やがて、電車はあの雑居ビルの前に差しかかる。

健作の視線は自然と屋上に向いていた。そこに真雪の姿はないが、健作の脳裏にはあの日の光景がよみがえった。

淋しげな姿をはっきり覚えている。

偶然、この電車から見かけて、飛び降りるのではないかと勘違いしたことがすべてのはじまりだ。

(俺、汗だくだったよな……)

思わず苦笑が漏れる。

慌てて駆けつけたとき、健作は全身汗だくになっていた。今にして思うと滑稽だが、あのときは必死だった。でも、あの一件が出会いとなり、赤の他人だったふたりの人生は交わった。

まさか、ついこの間まで女性と交際経験のなかった自分が、人妻と密接な関係になるとは驚きだ。なにがきっかけになるのかわからない。とにかく、今がいちばん充実しているのは間違いなかった。

ラブホテルで愛を交わしてから、一週間が経っている。

あの夜以降、身体こそ重ねていないが、陽だまり珈琲店は一日置きに訪れている。毎日、行かないのは、常連客にふたりの関係を悟られないためだ。真雪は人妻なので、そういう面は気を使う必要があった。

昨夜、陽だまり珈琲店でブレンドを飲んだので、今日は仕事を終えたらまっすぐ帰らなければならない。真雪に会えないのは淋しいが、心はしっかりつながっている。

(今日も、がんばるぞ)

電車が駅に到着すると、健作は気合を入れて会社に向かった。

営業日報を書き終えて、大きく伸びをする。

これで今日の仕事はすべて終わりだ。新規の契約こそ取れなかったが、営業をしたことで手応《てごた》えは感じている。この調子でいけば、来月はもう少し数字を伸ばせるかもしれない。

(とにかく、コツコツやるしかないな)

あらためて自分に言い聞かせる。

日々の積み重ねが、いつか大きな成果となって表れるはずだ。決して諦めることなく、営業をつづけるしかなかった。

（おっ、もうこんな時間か……）

腕時計に視線を落とすと、もうすぐ午後七時になるところだ。

今日は陽だまり珈琲店に寄らないので、早くアパートに帰ってゆっくりしようと思う。帰り支度をしていると、ふと背後に気配を感じた。

「か、課長……」

振り返ると、そこには課長の長岡が立っていた。

なにやら厳めしい顔で見おろしている。なにか失敗をしたのだろうか。久しぶりに怒鳴られると思って、反射的に内心身構えた。

「最近、がんばってるじゃないか」

意外な言葉だった。

いつも怒られてばかりだったので、一瞬、自分の耳を疑ってしまう。だが、よく見ると、長岡は片頰に笑みを浮かべていた。

「い、いえ、まだまだです……」

褒められたからといって調子に乗ると、また叱られるに決まっている。警戒しながら慎重に返事をした。

「仕事に取り組む姿勢がずいぶん変わったな。なにかあったのか」

「そ、そういうわけでは……」

まさか人妻と関係を持っているなどと言えるはずがない。健作が言葉を濁すと、長岡は探るような目になった。

「ふむ……まあ、言いたくないのなら無理に聞くつもりはない」

どうやら、なにかあったことには気づいているようだ。

「俺も、若いころは上司に怒られてばかりだったんだ」

長岡は懐かしそうに目を細めた。

またしても意外な言葉だ。口うるさい上司だが、仕事はきっちりしている印象があった。しかし、若いころから仕事ができたわけではないらしい。

「サボってばかりだったんだが、女房に出会って変わったんだ。男ってのは単純だから、守るものができると、自然としっかりするもんだ」

今日の長岡はめずらしく饒舌《じょうぜつ》だ。

もしかしたら、健作に若いころの自分を重ねているのかもしれない。そういえば、長岡から妻の話を聞くのはこれがはじめてだ。意外と大切にしているようで、苦手だった課長が急にいい人に思えてきた。

「どうだ、よかったら一杯つき合えよ」

飲みに誘われて、とまどってしまう。

さすがに長岡とふたりきりは間が持たないのではないか。しかし、上司の誘いを断るのもまずい気がした。

そのとき、スマホの着信音が響きわたる。内ポケットから取り出して確認すると、画面には「真雪さん」と表示されていた。

「出ていいぞ」

「すみません。ちょっと失礼します」

断りを入れてから、スマホをタップして耳に当てた。

「もしもし……」

「健作さん、わたしです」

真雪の涼やかな声が聞こえる。だが、なぜか今日はほんの少しだけ声が硬い気がした。

「なにかあったんですか」

「うん……今からお店に来てもらえませんか」

なにやら歯切れが悪い。なにかがあったのは間違いない。おそらく、電話では説明しにくいことだろう。

「わかりました。すぐに行きます」

健作はそれ以上、尋ねることなく了承した。

スマホの通話を切った瞬間、はっとする。たった今、長岡に飲みの誘いを受けたばかりだった。

「あ、あの……」

恐るおそる見やると、長岡は怒るわけではなくニヤニヤしていた。

「やっぱり女か」

「え、ええ、まあ……」

そう答えた直後、肩をバシッとたたかれる。

「意外とやるじゃないか。上司と飲むより、女が優先なのは当たり前だ。今度、つき合えよ」

長岡はそう言って背中を向けた。

「お、お疲れさまでした」

慌てて立ちあがり、深々と頭をさげる。長岡は右手をヒラヒラさせて、そのまま事務所から出ていった。

いやみな上司だと思っていたが、意外な一面を見た気がする。もしかしたら、健作のために、あえて厳しく接していたのかもしれない。

（あっ、急がないと）

電話の感じからすると、真雪はなにか大切な話があるらしい。タイムカードを打ち、慌てて事務所を飛び出した。

2

陽だまり珈琲店の営業時間は午後七時までだ。

健作が到着したとき、すでに閉店時間を二十分ほどすぎていた。ドアには「準備中」の札が出ていたが、鍵は開いていたのでなかに入った。

「あっ、健作さん」

ドアベルが鳴り、真雪が待ち構えていたように駆け寄る。そして、両手で健作の手をしっかり握った。

「お、遅くなってすみません」

気圧《けお》されながらつぶやくと、彼女は首を左右に振りたくる。

「ううん、わたしのほうこそ、急に呼び出してごめんなさい。お仕事、忙しかったんでしょう」

「いえ、ちょうど帰るところだったから……」

そんなことより、なにがあったのか気になっている。真雪はなにやら落ち着かない感じでそわそわしていた。

「とにかく座りましょう」

健作は彼女をうながして、カウンターのスツールに並んで腰かける。

「どうしても、健作さんに立ち会ってもらいたくて」

真雪は居ても立ってもいられない様子で語りはじめた。

「立ち会い……ですか」

いったいどういうことだろうか。意味がわからず、首をかしげて彼女の顔を見つめた。

「じつは、もうすぐ夫の浮気相手がここに来るんです」

衝撃的な言葉だった。

「ど、どういうことですか」

「簡単に説明しますね。相手の女性の連絡先は、夫のスマホから知りました」

真雪はしきりに時間を気にしながら、めずらしく早口で話しはじめた。

夫の敏彦が寝ている隙に、指紋認証でスマホのロックを解除したという。そして、メールと通話のやりとりをチェックして、浮気相手を突きとめた。

崎原美佳《さきはらみか》というのが夫の愛人だ。

携帯電話の番号を控えて、後日、連絡を入れた。真雪が敏彦の妻だと名乗ると、美佳は警戒心を露《あらわ》にしたという。だが、不倫をしているうしろめたさがあったのか、話し合いを提案すると乗ってきたらしい。

「あの人には内緒で会うことになっています」

そう語る真雪は、腹をくったのか落ち着きを取り戻している。しかし、瞳の奥に強い光が宿っているのが気になった。

「どうして、そんなこと……危ないですよ」

健作は困惑を隠せずつぶやいた。

敏彦が浮気をしているのは、本人が認めているのだから事実だ。そして、真雪は別れたがっている。だが、大学の准教授という職業柄、敏彦は世間体を気にして離婚に応じないのだ。

真雪は愛人を呼び出して、なにをするつもりなのだろうか。夫を取り返したいのならわかる。だが、今さら愛人と話し合うことなどないはずだ。真雪がやるべきことは、敏彦を説得することではないのか。

「もし、その美佳って人が、凶器でも持ってきたら……」

逆上した愛人に、真雪が襲われる可能性もあるのではないか。

考えるだけでも恐ろしい。だからこそ、危ないことはしてほしくない。どうして愛人を呼び出したのだろうか。

「旦那さんと話し合うならわかりますよ。でも、愛人と会う必要なんて、まったくないでしょう」

心配しているからこそ、つい口調が強くなってしまう。すると、真雪は下唇をキュッと噛んでから語りはじめた。

「だって……健作さんといっしょになりたいから」

その言葉から強い意志が伝わってくる。

いっしょになりたいと言ってもらえるのは素直にうれしいが、今ひとつわからない。真雪はなにをしようとしているのだろうか。

「話し合うって、なにを――」

健作が質問しようとしたとき、ドアベルの音が響きわたった。

見覚えのない若い女が入口に立っている。濃紺のスーツにグレーのコートを羽織っており、一見したところ普通のＯＬといった感じだ。その女性は訝《いぶか》しげに店内を見まわすと、真雪の顔をにらみつけた。

（もしかして、この人が……）

おそらく、美佳という女性に違いない。

健作はとっさに動けるようにスツールから尻を浮かしかける。真雪が襲われたときは、身を挺《てい》して守るつもりだ。

ところが、真雪はスツールから立ちあがると、自ら女に歩み寄っていく。

「里村真雪です。美佳さんですね」

堂々とした話しぶりだ。

威圧することもなければ、卑屈になることもない。真雪は口論するつもりはなく、あくまでも話し合いを望んでいる。目的はわからないが、怖いくらいに冷静だった。

「そうだけど――」

女が開き直った感じで返事をする。やはり彼女が夫の愛人の美佳だ。

「お金ならないわよ」

美佳が不機嫌そうに言い放った。

慰謝料を請求されると思っているらしい。不倫をしているのに、ふてぶてしい態度だ。

「悪いけど、貯金なんてないから」

「お金がほしくて呼んだのではありません。お話がしたいだけです。どうぞ、おかけになってください」

真雪がスツールを勧める。

美佳はカウンターに歩み寄るが、急にピタリと立ち止まった。そして、たった今、気づいたという感じで健作をにらんだ。

「この人、誰よ」

警戒しているのか、近づこうとしない。

「立会人の健作さんです。夫とは面識がありません」

「ふうん……つまり用心棒ってわけね」

美佳はますます不機嫌な顔になり、健作に鋭い視線を送る。

だが、敵意を剝き出しにしたのは一瞬だけだ。健作に戦意がないと気づいたのか、すぐに視線をすっとそらした。

「言っとくけど、ナイフなんて持ってないわよ。わたしだって、バカなことして捕まりたくないから」

美佳は苛々を隠すことなく吐き捨てる。そして、健作の隣をひとつ空けて、スツールに腰かけた。

真雪は間のスツールに座り、美佳のほうに少し身体を向ける。

「まずは、あなたのことを教えてもらえますか」

「どうして、そんなこと教えなくちゃいけないのよ」

警戒するあまり、攻撃的になっているのかもしれない。美佳はなにか言われるたび、いちいち嚙みついた。

「あなたは、わたしの夫と不倫をしているのですよ。そして、わたしのことを夫からいろいろ聞いているはずです。でも、わたしはあなたのことを名前しか知りません。これでは話し合いになりませんよね」

真雪は一歩も引く気配がない。口調こそ穏やかだが、有無を言わせぬ迫力があった。

「なによ、やっぱり怒ってるんじゃない……」

不服そうな顔をするが、真雪の言うことにも一理あると思ったらしい。美佳はぽつりぽつりと語りはじめた。

五年前、二十歳のときに敏彦と出会い、熱心に口説かれて不倫がはじまったという。当時、美佳は敏彦が准教授を務める大学の学生だった。二十五歳になった今は、都内の企業で働いているらしい。

「あの人、ほかにも愛人がいると思いますよ」

真雪は抑揚の少ない声で語りかける。

敏彦のスマホをチェックしたとき、複数の女性の存在を確認したという。なかでも頻繁に連絡を取っていたのが美佳だった。

「よけいなお世話よ。確かに昔はいたみたいだけど、今はわたしだけだって言ってくれてるから」

美佳が唇をとがらせて言い返す。痛いところを突かれたのか、ますます感情的になっている。

「本気でそう思っているのですか」

「当たり前でしょ。わたしは特別だって言ってくれたんだからっ」

さらに声が大きくなった。

男の甘い言葉に縋《すが》って、ずっと愛人をつづけているのかもしれない。そんな美佳が憐《あわ》れに思えてきた。

（この人、悪い男にひっかかったんだな……）

健作は胸のうちでつぶやいた。

会ったこともない敏彦に嫌悪感を覚える。ずいぶん女癖が悪いらしい。話を聞く限り、相当な下衆《げす》野郎だ。真雪もそんな男に苦しめられてきたと思うと、許せない気持ちがふくれあがった。

「それで、別れろって言うんでしょ」

美佳の目つきが鋭さを増している。口にこそ出さないが「絶対に別れない」と瞳が語っていた。

「誤解しないでくださいね。美佳さんを責めるつもりはありません。どういう気持ちで、夫とつき合っているのか知りたいだけです」

真雪は決して心を乱すことはない。常に平常心を保って話しつづける。夫の浮気相手と話しているとは思えなかった。

「どういう気持ちって……」

雰囲気に呑まれたのか、美佳が口ごもる。

「夫のことが好きなのですか」

「そ、それは……そうに決まってるじゃない」

妻である真雪に言われて、美佳はとまどっている。

だが、慰謝料を請求されたり、別れろと言われるわけではないとわかり、少しずつ態度が軟化していた。

(真雪さん、どうするつもりなんだ……)

健作はふたりのやりとりを黙って見つめている。

最初ほどピリピリした雰囲気ではなくなっているが、それでも空気は張りつめていた。

「美佳さんは、この先どうしたいのですか」

「どうって、言われても……」

またしても美佳は口ごもる。いろいろ思っていることはあっても、妻の前では言いにくいのではないか。

「わたしは、あの人と別れたいと思っています」

真雪がきっぱり言いきった。

「ウソっ、そんなはずないわ」

とたんに美佳の声が大きくなる。息を吹き返したように攻撃的になり、再び目つきを鋭くした。

「トシさんと別れる気なんてないくせに。准教授の妻でいたいんでしょう」

美佳は敏彦のことを「トシさん」と呼んだ。

ふたりの親密さがうかがえて、健作は思わず顔をしかめる。夫婦関係は破綻《はたん》しているとはいえ、真雪としては複雑な気持ちに違いない。

「あの人がそう言ったのですね」

淡々とした言い方だ。

愛人の美佳が感情的になっているため、妻である真雪がなおさら冷静に感じられる。人生経験の差なのか、最初から勝負になっていない。完全に真雪のペースで話は進んでいた。

「そうよ。トシさんが言ったの。わたしといっしょになりたいけど、妻が別れてくれないって」

美佳が怒りにまかせてぶちまける。

しかし、真雪はそれくらいでは動じない。眉ひとつ動かさずに、美佳の顔を見つめ返した。

「あの人は、きっとすぐに愛人を作りますよ。それでも、美佳さんは本気で結婚したいと思っているのね」

「当たり前でしょ。だから、こうして呼び出しにも応じたんじゃない」

「わかりました」

真雪がエプロンのポケットから一枚の紙を取り出す。それを黙ってカウンターの上にひろげた。

「これって……」

美佳が目を見開き、はっと息を呑んだ。

（り、離婚届……）

健作もその紙を見て、激しいショックを受けた。

すでに真雪が署名と捺印《なついん》をしている。あとは敏彦が署名捺印をして役所に提出すれば、離婚が成立するのだ。

「これを美佳さんに預けておきます」

「ちょっと待って……」

美佳は驚きの表情を浮かべて、真雪の顔を見つめる。

敏彦の言うことを信じていたに違いない。だからこそ、真雪の行動に驚愕《きょうがく》しているのだろう。

「わたしは今すぐにでも別れたいのです」

「どちらの言うことを信じるかは、美佳さんの自由です。とにかく、この離婚届をわたしておきます。あの人の署名と捺印がもらえたら、すぐにでも提出してもらって結構です」

すでに真雪の意志は固まっている。それを感じ取ったのか、美佳はなにも言えなくなり黙りこんだ。

「あなたが本気であの人と結婚したいのなら協力しますよ」

真雪が穏やかな声で語りかける。

思いがけない申し出に、美佳は困惑の表情を浮かべた。もう、にらみつけることもできないらしい。視線をおどおどとさまよわせている。

「どうして、そこまで……だって、わたしは……」

愛人という自覚はあるようだ。だからこそ、妻にやさしい言葉をかけられて、困りはてているに違いない。

「わたしはあの人と別れるため、あなたはあの人といっしょになるため、敵対するより、協力したほうがいいと思いませんか」

「じゃあ、本当に……」

「でも、トシさんは……」

「こうして知り合ったのも、なにかの縁です。わたしでよろしければ、あなたが幸せになるお手伝いをさせてください」

「ま、真雪さん……」

いつしか美佳は涙ぐんでいた。

「すみません……わたし、やさしくしてもらう資格なんてないのに……」

「いいのよ。夫は慎重になっているのだと思います。あの人があと一歩を踏み出せるように、アドバイスさせてくださいね」

真雪は親身になって、夫の好みを事細かに説明する。

敏彦が惹かれる女性の仕草やセリフ、さらにはボディタッチの仕方までレクチャーした。

「あと大切なのは――」

真雪の言葉を美佳は熱心に聞いている。

将来いっしょに生活するなら、美佳が身のまわりの世話をすることになる。妻でなければわからないことが、たくさんあった。

「ありがとうございます。がんばってみます」

美佳は来たときとは打って変わり、明るい表情になっていた。礼を言うと、弾むような足取りで帰っていった。

「本当によかったんですか」

ふたりきりになると、健作は真雪に語りかけた。

正直なところ、真雪の考えていることがわからない。どうして、夫の愛人が幸せになる手伝いをしなければならないのだろうか。

「いくら、別れるためとはいえ……」

「それだけではありませんよ」

真雪が微笑を浮かべる。

「あの人が美佳さんと結婚する気になれば、わたしと別れてくれるでしょう。そうすれば、わたしは健作さんといっしょになれるんです」

「俺と、いっしょに……」

その言葉が頭のなかをグルグルまわる。

真雪の最終的な目的は、健作といっしょに暮らすことだ。夫と別れた先にある生活まで、すでに見通していたのだ。

そのために美佳を利用するつもりらしい。世間体を気にする敏彦が、本気で美佳を好きになるようにしむけた。美佳が愛人から理想の女性に昇格すれば、離婚に応じると踏んだのだ。

（でも、つらくないのかな……）

素朴な疑問が湧きあがる。

仮にも七年間は夫婦だったのだ。夫とこんな終わり方をするのはつらくないのだろうか。

「わたし、健作さんが思っているより、ずっと悪い女なんです」

真雪はまるで健作の内心を見抜いたようにつぶやいた。そして、軽く肩をすくめて楽しげに微笑んだ。

3

五月もなかばになっていた。

真雪から聞いた話だと、ときどき美佳が店にやってくるという。そのたびに的確なアドバイスを送り、そのかいもあって美佳と敏彦の仲は順調に深まっているらしい。

敏彦のなかで、美佳の存在が急速に大きくなったようだ。ただの愛人から将来を真剣に考える相手になり、いっしょに住む話まで出ているという。

美佳から報告を受けた数日後、敏彦から別居の提案があった。

そして、つい先日、真雪は夫のもとを離れて、賃貸マンションに引っ越したばかりだ。まだ離婚は成立していないが、確実にそのときは近づいていると思っていいだろう。

今日は待ちに待った金曜日だ。

はじめて真雪のマンションを訪れることになっている。残業をして午後七時半くらいに向かえば、彼女も仕事を終えて戻っているはずだ。今夜はそのまま泊まる予定になっていた。

(楽しみだな……)

健作はタイムカードを打つと、スキップしたいのをこらえて駅に向かった。

もちろん、ただ泊まるだけではない。愛する男と女が朝までいっしょに過ごすのだから、やることは決まっている。

まだ離婚前ということもあり、ふたりきりで会うのを控えていた。万が一、敏彦にばれたら、揉めるのは間違いない。先に浮気をしたのは敏彦だが、それを棚にあげて怒るのは目に見えている。

しかし、別居したことで、いくらか会いやすくなった。外で会うのは誰かに見られる心配があるが、彼女の部屋ならばれることはないだろう。

隣駅で降りると、はやる気持ちを抑えて歩いていく。真雪が住んでいるマンションは、陽だまり珈琲店が入っている雑居ビルから徒歩五分ほどのところにある。道順を詳しく聞いてあったので、すぐにマンションは見つかった。

（へえ、ここか……）

白壁の五階建てマンションだ。

築年数はそれなりに経っているが、しっかり手入れされているのか、それほど古さは感じない。この四階に真雪は住んでいるという。

さっそくエントランスに足を踏み入れると、オートロックのインターホンに部屋番号を打ちこんだ。

「お待ちしていました。四階にあがってください」

すぐにスピーカーから真雪の声が聞こえる。

彼女の声が弾んでいるので、健作はますます浮かれてしまう。階段を駆けあがりたいのをこらえて、エレベーターに乗りこんだ。四階で降りると、真雪が玄関ドアを開けて顔をのぞかせていた。

「こっちです」

「真雪さん、来ちゃいました」

彼女が笑顔で迎えてくれるから、健作も思わず顔がほころんだ。気持ちを抑えられず、ついつい小走りになっていた。

「どうぞ、入ってください」

「失礼します」

玄関に入ったとたん、花の甘い香りが鼻孔をくすぐる。

やはり男のひとり暮らしとは違う。女性の部屋に来たという感じがして、いきなりテンションがあがった。

真雪につづいて、リビングに入っていく。

広さは十畳ほどだろうか。ふたりがけのソファとローテーブル、それにテレビが置いてある。フローリングの床には緑のカーペットが敷いてあり、窓にかかっているのも緑のカーテンだ。女性らしく整理整頓《せいとん》されており、居心地のよさそうな空間になっていた。

間取りは2LDKだと聞いている。

――いつか、健作さんといっしょに住みたいから。

恥ずかしげに告白されたときは、うれしくて舞いあがった。

離婚が成立すれば、すぐにでも引っ越したい。とにかく、今は敏彦が離婚届を提出するのを待つしかなかった。

「わたしも帰ってきたばかりなの。すぐにご飯の支度をしますね」

真雪はそう言ってキッチンに向かおうとする。だが、健作はすかさず彼女の手首をつかんで引き寄せた。

「あっ……」

「ご飯よりも……」

女体を抱きしめると、いきなり唇を重ねていく。

すると、真雪はいっさい抗《あらが》うことなく、顔をそっと上向かせる。それればかりか唇を半開きにしてくれた。

「真雪さん……うむっ」

すかさず舌を差し挿れると、真雪がやさしく吸いあげる。さらには彼女も舌を伸ばして、からみつかせてきた。

「ンンっ、健作さん……」

鼻にかかった声で名前を呼んでくれる。それがうれしくて、ますます深く舌をからませた。

粘膜をヌルヌル擦り合わせると、それだけで欲望がふくれあがる。甘い唾液をすすりあげれば、真雪も健作の唾液を求めて舌を吸う。そうやって互いの味を確認することで、ふたりの気持ちがひとつに溶け合っていく。

「お、俺、ずっと我慢してたんです」

「ああンっ、わたしも……」

健作が思いを吐露すれば、真雪も同意してくれる。

見つめ合っては口づけすることをくり返し、気分がどんどん高揚していく。もう、ひとつになることとしか考えられない。ディープキスをしながら、互いの服を脱がし合う。

瞬く間に真雪は淡いピンクのブラジャーとパンティに、健作もボクサーブリーフ一枚になっていた。

「こっちに来てください」

真雪に手を引かれて、隣の部屋に向かう。

そこは六畳ほどの寝室だ。ダブルベッドがあり、サイドテーブルのスタンドがぼんやり灯《とも》っていた。

4

「どうして、明かりがついてるんですか」

スタンドの淡い光が、淫靡な雰囲気を演出している。もしかしたら、すぐ寝室に連れこむつもりだったのかもしれない。

「健作さんと、こうしたかったから……」

真雪は頬を赤らめると、恥ずかしげに視線をそらす。

それでいながら、自らブラジャーとパンティを取り去り、白い肌を惜しげもなくさらした。

大きな乳房の頂点では、まだ触れてもいないのに乳首が充血してぷっくりふくらんでいる。内腿をもじもじ擦り合わせているのは、股間が疼いているからに違いない。

（やっぱり、真雪さんも……）

発情しているとわかり、健作もいっそう興奮する。

慌ててボクサーブリーフを脱ぎ捨てると、雄々しく勃起しているペニスを剝き出しにした。

「ああっ、素敵です」

喘ぎまじりにつぶやき、真雪は細い指を太幹に巻きつける。やんわりと握りしめて、やさしく擦りあげた。

「うっ……ま、真雪さん」

健作はすかさず左手で彼女の腰を抱き、右手を乳房に重ねていく。ゆったり揉みあげれば、指先がいとも簡単に柔肉のなかに沈みこんだ。

「あンっ……」

甘い声を漏らして、真雪が健作の目を見あげている。

ふたりは自然と顔を寄せ合い、再び唇を重ねていく。すぐに舌を伸ばして、ねちっこくからませる。互いの口内を舐めまわしては、唾液をジュルジュル吸いあげた。

その間も真雪はペニスをゆるゆるしごき、健作は乳房を揉みあげて、指先で乳首を摘まみあげる。こよりを作るように転がせば、女体に小刻みな震えが走り抜けた。

「はンンっ……べ、ベッドに……」

もう立っていられなくなったらしい。真雪はせつなげな瞳で見あげて、健作をベッドに誘った。

ふたりは抱き合ったままベッドに倒れこむ。身体が軽く弾むが、それでもペニスと乳房を愛撫し合い、濃厚なディープキスを交わしている。肌と肌が触れるほどに、ますます気分が盛りあがった。

スタンドのぼんやりした光が、白い女体を照らしている。

たっぷりした乳房をじっくり揉みあげて、手のひらをくびれた腰へと滑らせていく。シルクを思わせる柔肌の感触が心地いい。魅惑的な腰の曲線を撫でることで気分が盛りあがる。

「この腰のくびれが好きなんです」

「あンっ……くすぐったいです」

真雪の瞳はとろんと潤んでいる。

ペニスに巻きつけたままの指をゆったりスライドさせて、息づかいを荒らげていく。

「硬い……すごく硬いです」

甘い吐息を振りまきながら真雪がささやく。あからさまに昂っており、息づかいが荒くなっていた。

健作は手のひらを彼女の尻にまわしこむ。そして、肉づきのいい尻たぶを撫でまわす。搗《つ》きたての餅《もち》のように、手のひらに吸いつく感触がたまらない。指先をめりこませて、そっと揉みしだいた。

「はンンっ……もっと、強くしてもいいんですよ」

真雪が喘ぎまじりにつぶやき、身体をもどかしげにくねらせる。

すると、たっぷりした乳房が柔らかく波打った。スタンドで照らされているため、乳房が作り出した影も大きく揺れる。艶めかしい陰影が、淫靡な気分を盛りあげた。

「きれいです……」

欲望をそそられると同時に、懐かしい景色を眺めている気がしてくる。

乳房の稜線《りょうせん》を指先でそっとなぞり、曲線を愛《め》でながら頂上を目指す。先端で揺れている乳首に触れると、女体に小刻みな痙攣が走り抜けた。

「ああンっ」

真雪が甘い声を漏らして、ペニスをキュッと握る。とたんに先端から透明な汁が大量に溢れ出した。

「ううッ……き、気持ちいいっ」

「健作さんの好きにしてください。なにをしてもいいんですよ」

懇願するような言い方だ。

いつも真雪は健作の望みを優先させてくれる。健作が満足する姿を見て、自分も満たされるらしい。こちらが包み隠さず欲望を曝《さら》け出すことで、彼女は信頼されていると感じるようだ。

「遠慮したら、いやです」

真雪がささやき、至近距離で視線が重なった。

きっと彼女ならすべてを受けとめてくれる。そう思えるから、健作は大胆にふるまえる。

女体に覆いかぶさり、乳房を揉みあげながら乳首に吸いつく。充血した突起を口に含み、舌をヌルヌルと這わせて唾液を塗りつける。ぐっしょり濡れたところを、今度はジュルルッと吸いあげた。

「あンっ、け、健作さん」

真雪は甘い声を振りまき、両手を健作の後頭部にまわしこむ。髪をかき乱しながら、身体を大きく仰け反らした。

（きっと、真雪さんは……）

考えたくないが、どうしても脳裏に浮かんでしまう。

夫の欲望もすべて受けとめていたのだろうか。夫婦生活は破綻しているが、少なくても、最初はうまくいっていたはずだ。そのころ、ふたりはどのように愛し合っていたのか気になってしまう。

「くっ……」

健作はいやな妄想を振り払うように体を起こす。そして、真雪の足首をつかんで持ちあげていく。むっちりした尻がシーツから浮きあがり、やがて股間が真上を向いた。

「ああっ」

真雪が困惑の声を漏らす。

身体がふたつに折り曲がり、自分の膝が顔につきそうになっている。苦しい格好だが、それでも抗うことはない。せつなげな表情を浮かべて、膝の間から健作の顔を見あげていた。

俗にまんぐり返しと呼ばれている体勢だ。

濡れそぼった陰唇はもちろん、尻の穴まで剝き出しになっている。女性からすれば羞恥心を煽られる格好に違いない。真雪は顔をまっ赤にして、下唇を小さく嚙んだ。

「全部、まる見えになってますよ」

興奮を抑えられずに語りかける。

すると息がかかったのか、肛門がキュッとすぼまった。陰唇は紅色に濡れ光っているが、尻穴はくすんだ色をしている。放射状にひろがった皺《しわ》が、まるで意志を持った生き物のように蠢いていた。

(なんて、いやらしいんだ……)

吸い寄せられるように顔を寄せると、禁断のすぼまりに口づけする。

「あひッ……」

とたんに真雪に唇から裏返った声が溢れ出す。それと同時に、宙に浮いている足がビクンッと跳ねた。

「そ、そんなところ、汚いです」

「真雪さんの身体に汚いところなんてありません」

健作は尻穴に唇を押し当てたまま答えると、舌を伸ばして舐めまわす。中心から外側に向かって、皺を一本いっぽん舌先でなぞっていく。

「ひッ、そ、そんな……あひンッ」

排泄《はいせつ》器官を舐められる刺激に、真雪はひきつった喘ぎ声をあげつづける。

女体が敏感に反応して、陰唇の隙間から愛蜜がジクジクと染み出す。真雪が恥じらいの表情を浮かべてくれるから、健作は飽きることなく、尻穴を延々と舐めしゃぶった。

「ひンッ、そ、そこばっかり……」

「お尻の穴も感じるんですね」

「か、感じてなんて……ひンンっ」

真雪が首を左右に振って否定する。

そうしているうちに肛門は唾液まみれになり、柔らかくほぐれてきた。舌先で中心部を圧迫してみる。すると、意外にもあっさり先端が沈みこんだ。

「ひいいッ」

金属的な喘ぎ声がほとばしる。

舌先を肛門に埋めこまれた刺激で、真雪は女陰をますます濡らしていく。宙に浮いている両足がつま先までピーンッとつっぱり、身体に小刻みな震えが走り抜けた。

「ひぅうッ……け、健作さんっ」

真雪は哀願するような瞳を向けるが、決して健作を拒絶しない。やはり、すべてを受け入れるつもりらしい。

（ああっ、真雪さん……）

気分が盛りあがり、ますます愛撫に熱が入る。

健作は尻穴をしゃぶりながら、指先を陰唇に這わせていく。熱くて柔らかい花弁をそっと撫でて、トロトロになった膣口に右手の中指を埋めこんだ。

「あああッ、そ、そんなことまで……」

ふたつの穴を同時に責めることで、真雪の反応は顕著になる。喘ぎ声が大きくなり、愛蜜がどっと溢れた。

「ひいッ……あひいッ」

「すごく濡れてますよ。やっぱり、お尻が感じるんですね」

「こ、こんなのはじめてで……い、いいっ」

ついに感じていることを認めると、腰を艶めかしくよじらせる。膣口と尻穴が同時に収縮して、指と舌先を締めつけた。

「あぁッ、も、もうダメですっ、はあぁッ」

喘ぎ声が切羽つまり、どんどん大きくなってくる。

絶頂が迫っているのは間違いない。健作は膣に挿入した指を出し入れして、肛門を執拗《しつよう》にねぶりあげた。

「ひあぁあッ、い、いいっ、もうっ、ああぁあッ、イ、イクううッ！」

まんぐり返しの女体が硬直したかと思うと、直後に激しく痙攣する。真雪は悦楽の嵐に巻きこまれて、艶めかしいアクメの声を響かせた。

5

（や、やった……真雪さんをイカせたんだ）

健作は異常なほど興奮していた。

ペニスはこれでもかといきり勃ち、大量の我慢汁をこぼしている。すぐにでも挿入したいが、ほかにもやってみたいことがあった。

「真雪さん……俺の上に乗ってください」

健作は彼女の隣で仰向けになって声をかけた。

ところが返事はない。真雪は絶頂に達した直後で朦朧《もうろう》としている。虚《うつ》ろな瞳を宙に向けて、ハアハアと胸を喘がせていた。

「逆向きになって、俺の顔をまたいでもらえますか」

健作が再び声をかけると、真雪はなんとか身体を起こす。そして、健作の顔をまたいで折り重なった。

いわゆるシックスナインの体勢だ。

双つの乳房が下腹部に密着して押しつぶされる。温かくて柔らかい感触が心地いい。しかも、健作の目の前には女陰が迫っている。先ほどの愛撫でぐっしょり濡れそぼっていた。

さらには、勃起したペニスに真雪の吐息が当たっている。逆向きに重なっているため、彼女の眼前には肉棒がそそり勃っているのだ。

「ああっ……」

真雪が小さな吐息を漏らした。

逞《たくま》しいペニスを目にして、興奮が再燃したのかもしれない。健作はなにも言っていないのに、彼女は自ら太幹に指を巻きつける。

「わたし、こんな恥ずかしい格好で……」

「でも、興奮してるんですよね。だって、ほら……」

健作はそう言って、目の前の陰唇に口づけした。

軽く触れた瞬間、クチュッという湿った音が響きわたる。唇に確かな湿り気が伝わってきた。

「グチョグチョになってますよ」

「い、言わないでください……こんな格好するの、はじめてなんです」

真雪はうわずった声でつぶやき、くびれた腰をくねらせる。

どうやら、シックスナインの経験はないらしい。はじめてと言われて、健作のテンションはさらにあがった。

両手をまわしこんで尻たぶをつかむと、本格的な愛撫を開始する。花弁を一枚ずつ口に含み、味わうようにしゃぶりまわす。割れ目から華蜜が溢れると、すかさず口を密着させて吸いあげた。

「んんっ……うむむっ」

嚥下するのが大変なほど濡れている。陰唇の狭間《はざま》に舌先を埋めながら、無我夢中で吸い立てた。

「ああンっ」

真雪が甘い声を漏らして、亀頭に唇をかぶせる。ぱっくり咥えこむと、先端を飴玉のようにしゃぶりはじめた。

「大きい……はむんンっ」

亀頭をねちねち舐めまわして、先端から溢れる我慢汁をすすりあげる。すかさず嚥下すると、唇を滑らせて太幹を呑みこんでいく。

「ンっ……ンっ……」

「ま、真雪さん……き、気持ちいいです」

健作は素直に快感を訴えて、お返しとばかりに舌を膣口に埋めこんだ。すると、真雪がゆったり首を振りはじめる。だから、健作も舌をピストンさせて膣壁に甘い刺激を送りこむ。

互いの性器を舐め合うことで、瞬く間に高まっていく。真雪は愛蜜を垂れ流して、健作は我慢汁を大量に分泌している。感じるほどにふたりの濡れ方は激しくなり、その体液を吸い合った。

「はあンっ、い、いいっ」

「お、俺も……んんっ」

シックスナインで高まり、絶頂の気配が近づいてくる。

先に相手をイカせようとして、ふたりとも愛撫を加速させる。健作が舌の出し入れを激しくすれば、真雪は思いきり吸茎しながら首を振り立てた。

「ああッ、そ、そんなに……あああッ」

「す、すごいっ……うううッ」

快感の大波が押し寄せて、頭のなかがまっ赤に染まる。

もう、これ以上は耐えられない。相互愛撫でふたり同時に高まり、ついに最後の瞬間が訪れた。

「あああッ、も、もうダメですっ」

「うううッ、で、出ちゃいますっ」

真雪が訴える声と、健作の唸り声が重なった。ふたりの身体がガクガクと震えて、体液の分泌量が増えてくる。

「はあああッ、わ、わたし、また……あぁあああああッ！」

真雪がペニスを咥えたまま、くぐもった喘ぎ声を響かせる。アクメに達しながら首を振り、肉柱を思いきり吸いあげた。

「ぬううッ、で、出るっ、出る出るっ、くおおおおおッ！」

健作も唸り声を振りまき、彼女の口内で射精する。ペニスが思いきり跳ねまわり、勢いよくザーメンが噴き出した。

シックスナインでの絶頂は、これまで経験したことのない快楽だ。相手が悦んでいるのがわかるから、自分の快感も大きくなる。同時に昇りつめる一体感も相まって、凄まじい愉悦の嵐が吹き荒れた。

「ま、真雪さん……うむむッ」

「あンっ、健作さん……はむううッ」

健作は大量に溢れた愛蜜を次から次へと飲みくだし、真雪もドロドロした濃厚な精液を嚥下する。興奮が興奮を呼び、ふたりは相手の股間を延々としゃぶりつづけた。

6

（どうせなら、真雪さんが経験したことのない格好で……）

健作は悩んだすえに、ある体位を思いついた。

真雪は尻穴への愛撫も、シックスナインも未経験だった。それなら、ひとつでも多く、はじめての体験を共有したい。そして、彼女のなかにある夫との記憶を消し去りたい。

　まだ呼吸を乱している真雪を仰向けに寝かせる。そして、健作は正常位の体勢で覆いかぶさった。

　硬度を保ったままのペニスを陰唇に押し当てる。亀頭でゆっくり撫であげると、女体がピクッと反応した。

「あっ……ま、まだ、こんなに……」

　真雪がかすれた声でつぶやく。

　ペニスの硬さに驚き、そして、うれしそうに目を細める。彼女もひとつになりたいと思っている。その気持ちが伝わり、ペニスはますます硬くなり、我慢汁が溢れ出した。

「真雪さんのことが大好きだから、全然、萎えないんです」

「ああンっ、健作さん……すごく熱いです」

　亀頭の熱さを感じて、真雪が腰を震わせる。愛蜜の量が増えたので、亀頭をずっぷり埋めこんだ。

「はうウッ、お、大きいっ」

真雪の顎が跳ねあがり、身体が大きく仰け反った。

そのままペニスを根元まで埋めこむと、女体をしっかり抱きしめる。濡れた膣襞が太幹にからみつき、いきなり快感がひろがった。

「ううッ……ま、真雪さんも、しっかりつかまってください」

声をかけてから女体を抱き起こして、対面座位の体勢になる。さらにベッドの端からカーペットの上に降り立った。

「ふんんッ」

全身の筋肉に力をこめて、女体を慎重に抱きあげる。両手で真雪の尻たぶを抱えこみ、両足をグッと踏んばった。

「きゃっ……ま、待ってください」

真雪が慌てて声をあげる。そして、両手両足で健作の体にしがみついた、駅弁と呼ばれる体位だ。抱きかかえているが、それでも彼女の体重が股間にかかり、ペニスがより深い場所まで突き刺さる。亀頭が膣道の行きどまりに到達して、コツコツと当たるのがわかった。

「こ、こんな格好……はううッ、奥まで来ちゃう」

「こういうの、やってみたかったんです」

快感に耐えながら、彼女の耳もとでささやきかける。

「真雪さんは、はじめてですか」

「は、はじめて……あふッ、はじめてです」

真雪は涙目になって答える。

刺激が強すぎるのか、下腹部が絶えずウネウネと波打っている。まだ立ちあがっただけなのに、ペニスが思いきり締めあげられた。

「くううッ、そ、そんなに締められたら……」

「ご、ごめんなさい……でも、そんなに奥を刺激されると……はンンッ」

どうやら、身体が勝手に反応しているらしい。真雪は腰を小刻みに震わせて訴える。こうしている間にも、膣はどんどん締まってくる。

「ううッ……う、動きますよ」

いずれにせよ、長時間つづけられる体位ではない。健作は女体をしっかり抱いて、ベッドの周囲を歩きはじめる。ゆっくり歩を進めるだけで、自然とペニスが蠢いて膣内をかきまわした。

「あッ、ああッ、こ、擦れていますっ」

真雪が甘い声をあげて、ますます強くしがみつく。快感がひろがっているらしく、膣道のうねりが激しくなった。

「うむッ……先っぽが当たってるの、わかりますか」

「わ、わかります……お、奥に……あああッ」

眉を八の字に歪めて、ガクガクうなずく。真雪は膣奥を突かれる快楽に目覚めたのか、自ら股間をしゃくりはじめた。

「あンっ……ああンっ」

「ちょ、ちょっと、そんなに動いたら……」

ペニスを絞りあげられる快感に耐えるのも大変だが、揺れることで支える体力も消耗してしまう。

「あ、あんまり、動かないでください……ううッ」

「あぁッ、ご、ごめんなさい……あああッ」

真雪は謝罪しながら腰を振る。快楽が強烈でやめられないらしい。股間をリズミカルにしゃくり、カリが膣壁を擦る感触を貪《むさぼ》っている。膣道がうねり、太幹をギリギリと締めつけた。

「くうッ、そ、そんなに……うぐぐッ」

「ああぁッ、い、いいっ、はあああッ、気持ちいいですっ」

はじめての駅弁で、真雪は早くも切羽つまった声をあげる。一心不乱に腰を振り、艶めかしい喘ぎ声を振りまいた。

「も、もうダメですっ、あああッ、い、いいっ、はあああああッ！」

女体がガクガクと痙攣して、よりいっそう強くペニスが締めつけられる。真雪のあられもないよがり声が、寝室の空気を淫靡に染めた。

駅弁で昇りつめたのは間違いない。急に真雪の身体から力が抜けて、健作は慌てて抱きしめながらベッドに腰かけた。

7

「はンンっ……す、すごかったです」

しばらくして、真雪がかすれた声でつぶやいた。

健作がベッドに腰かけたので、対面座位の体勢になっている。ペニスは膣に深々と埋まったままで、我慢汁を滾々と噴きこぼしていた。

「少し休みましょうか」

彼女の体調を気遣って声をかける。

まんぐり返しのクンニリングスと駅弁で、すでに二度も絶頂に達していた。かなり体力を消耗しているのは間違いない。

「ううん、大丈夫です」

真雪は首を小さく左右に振った。

「でも……」

「健作さんの望むことすべて、叶《かな》えてあげたいんです」

ささやくような声が鼓膜をやさしく振動させる。

至近距離で目を見つめられて、自然と胸が熱くなってくる。気分が盛りあがり、膣のなかに収まったままのペニスがピクンッと跳ねた。

「あンっ……すごく元気ですね」

真雪が潤んだ瞳で微笑んだ。

「どうしてほしいですか」

両手を健作の肩に乗せて、やさしく尋ねる。

こうして見つめ合っているだけで、テンションがどんどんあがってしまう。ペニスのヒクつきがとまらず、我慢汁の量が増えつづけていた。

「う、動いてほしいです」

健作が願望を口にすると、真雪はさっそく腰を振りはじめる。根元までつながった状態で、股間をしゃくりあげるような動きだ。ストロークこそ小さいが、密着している感じが興奮を誘う。互いの陰毛がからみ合い、シャリシャリと乾いた音を響かせた。

「あンっ……あンっ……どうですか」

頬を染めながら真雪が尋ねる。

積極的に腰を使っているのに恥じらいを忘れない。そんな彼女の姿が、牡の欲望を煽り立てる。女壺のなかでペニスはさらに硬直して、先端が奥の深い場所にめりこんだ。

「ああンっ、お、奥、すごいです」

「お、俺も……うぅッ、き、気持ちいいです」

ゆったりした動きでも、強烈な快感が湧きあがる。

こうしてふたりきりの時間を過ごせることが、なによりもうれしい。裸で抱き合っていると、身も心もひとつに溶け合うような感覚が押し寄せる。愛する人とひとつになるのが、これほど幸せなことだとは知らなかった。

ふたりは視線を交わすと、どちらからともなく顔を寄せていく。唇を重ねて舌をからめれば、一体感がさらに深まった。

「あンっ、はあンっ、健作さん……」

「真雪さん……うむむっ」

ディープキスをしながらの対面座位で、下腹部に快感が蓄積していく。

真雪のねちっこい腰づかいがたまらない。愛蜜にまみれた女壺のなかで、男根が揉みくちゃにされている。射精欲が急速にふくらみ、健作は思わず両手で彼女のヒップを抱えこんだ。

「くううッ……ゆ、ゆっくり……」

この快楽を一秒でも長く味わっていたい。できることなら、この幸せな時間を永遠にしたかった。

「わ、わたしも……ああっ、気持ちいいです」

真雪の身体が小刻みに震えている。

もしかしたら、三度目の絶頂が迫っているのかもしれない。そう思うと、健作の快感もさらにふくれあがる。

しかし、このままだと健作のほうが先に昇りつめてしまう。なにしろ、今夜はまだ一度も達していない。睾丸のなかでザーメンが沸騰しており、出口を探して暴れていた。

(最後は、ふたりでいっしょに……)

射精欲をこらえようとして、尻たぶにまわした手に力がこもる。そのとき、右手の指先が、偶然、尻の谷間に滑りこんだ。

「あひンッ……」

真雪の唇から裏返った声が漏れる。

健作の指先が、尻の穴に触れたのだ。彼女の肛門が敏感なことは、先ほど愛撫したのでわかっている。

(よし、そういうことなら……)

今度は自分の意志で、右手の中指を尻穴に押し当てた。

「ひッ……そ、そこは……」

真雪がとまどいの声を漏らすが、構うことなく肛門をこねまわす。先ほどさんざん舐めしゃぶったので、禁断のすぼまりは柔らかくなっていた。

「真雪さんは、ここでも感じるんですよね」

「ま、待ってくださ――ひンンッ」

中指に力を入れると、いとも簡単に沈んでいく。すでに肛門はほぐれているため、第一関節までヌルリッと吸いこまれた。

「はあッ、ダ、ダメですっ」

「ううッ、し、締まるっ」

肛門を刺激された影響で、膣の締まりが強くなる。男根が思いきり絞りあげられて、いきなり快感が膨脹した。

「そ、そこは……あううッ、い、いけません」

真雪は困惑して訴えるが、愛蜜の量は倍増している。膣襞の動きも活発になり、太幹の表面をねちねち這いまわった。

「くうッ……お尻の穴も締まってます」

健作が指摘すると、真雪は首を左右に振って否定する。しかし、中指はグイグイ締めつけられていた。

「あううッ、も、もうダメぇ……」

唇の端から透明な涎《よだれ》が溢れている。だらしなく喘ぐだけになり、涎が糸を引いてツツーッと滴り落ちた。

「やっぱり、お尻も好きなんですね」

「こ、こんなの、はじめてで……あああッ」

尻穴に指を挿入してのセックスは、これがはじめての経験だという。それを聞いて、健作の射精欲は限界までふくらんだ。

「お、俺、もう……ううぅッ」

尻穴に指を挿れたまま、ベッドのスプリングを利用して股間を突きあげる。すると、亀頭の先端が子宮口をコツコツとノックした。

「あぁッ……あああッ」

真雪も腰を激しくしゃくりあげる。健作の体にしがみつき、まるで男根を貪るように締めつけた。

「おおおッ、き、気持ちいいっ」

「あうッ、あううッ……も、もう、おかしくなっちゃいますっ」

ふたりは息を合わせて腰を振り、絶頂の急坂を駆けあがる。もう昇りつめることしか考えられない。我慢汁と愛蜜を噴きこぼして、まるで獣のように快楽だけを追い求めた。

「くううッ、で、出るっ、真雪さんっ、ぬおおおおおおおッ！」

「い、いいっ、イクっ、イキますっ、あああッ、ひあああああああッ！」

健作がザーメンを噴きあげると同時に、真雪もよがり泣きを響かせる。愉悦の大波が轟音とともに押し寄せて、瞬く間にふたりを呑みこんだ。

凄まじいまでの快感で、射精がいつまで経っても終わらない。大量の精液を放出して、真雪の下腹部がビクビクと波打った。

ふたりは対面座位できつく抱き合い、深くつながったまま昇りつめる。再び唇を重ねると、舌を深く〱からめていく。感動がこみあげて胸が熱くなる。真雪の瞳から歓喜の涙が溢れて。頬をゆっくり伝い落ちた。

第五章　バスルームより愛をこめて

1

健作はいつものように陽だまり珈琲店のカウンター席に座り、ブレンドの豊潤な香りを楽しんでいた。

真雪は赤いエプロンをつけて、カウンターのなかに立っている。ほかに客の姿はないため、彼女の笑顔を独り占めできるのがうれしい。コーヒーをひと口飲んでは、視線を重ねて意味もなく笑い合った。

（幸せって、こういうことなんだな……）

健作は心から実感していた。

仕事帰りに立ち寄り、まったり過ごす時間が愛おしい。そのまま閉店までいて彼女のマンションに行くこともあれば、自分のアパートに帰ることもある。でも、そろそろいっしょに住むことを考えてもいいかもしれない。

じつは、真雪と敏彦の離婚が成立したのだ。

美佳とはじめて会ってから、一カ月が経っていた。その間、美佳は真雪にアドバイスされたとおり、敏彦好みの女を演じつづけていたのだろう。そして念願が叶って、同居することになったという。

真雪も無事に別れることができて、すべてがまるく収まった。

あとは、健作と真雪が愛をじっくり育んでいくだけだ。もちろん、機が熟したら男としてのけじめをつけるつもりだ。まだ具体的な話はしていないが、きっと真雪も同じ気持ちだと思う。

(客もいないことだし……)

とりあえず、同居の話を振ってみてもいいかもしれない。

もともと真雪もそのつもりで、２ＬＤＫの部屋を借りたと言っていた。ここは男の自分から切り出すべきではないか。

そんなことを考えていたとき、ドアベルの音が鳴り響いた。

客が来たらしい。内心がっかりしながら入口に視線を向ける。すると、そこには見覚えのある女性が立っていた。

「美佳さん、いらっしゃい」

真雪の言葉で思い出す。

そこに立っているのは敏彦の愛人、美佳に間違いない。健作が会うのはこれが二度目だが、真雪は何度もアドバイスを送っていた。雰囲気から察するに、ふたりはすっかり顔なじみのようだ。

「真雪さんの言うとおりだった……」

美佳はカウンターに歩み寄ると、そう言ってわっと泣き出した。

(えっ……な、なんだ……)

健作はわけがわからず困惑してしまう。なにが起きたのか、さっぱりわからなかった。

すると、真雪がカウンターから出てきて、美佳の肩をそっと抱いた。

「とにかく座ってください、話なら聞きますから」

やさしく語りかけると、スツールを勧めて座らせる。

美佳は家庭を崩壊させた張本人だ。それなのに、やさしく接することができる真雪に感心する。夫と別れるという目的をはたした今、美佳の話を聞く必要はない。だが、真雪は突き放そうとしなかった。

「なにがあったのですか」

美佳の背中をそっと擦り、大切な友達のように寄りそう。そんな真雪の姿に、健作は見惚れていた。

「きっとすぐに愛人を作る……真雪さん、そう言ってたじゃないですか。そのとおりだった」

涙声でつぶやき、美佳はまた号泣する。

どうやら、敏彦と同居をはじめたが、ほかの愛人の存在が発覚したらしい。そのことで口論となり、家を飛び出してきたのだという。

「そういう人なの。一生、治らないと思います」

真雪が穏やかな声で語りかける。その間も、美佳の背中をやさしく擦りつづけていた。

「教えられたとおり、トシさん好みの女になったのに……」

つぶやく声は消え入りそうなほど小さくなっていく。

おそらく、美佳なりに努力を重ねてきたのだろう。だからこそ、敏彦も真雪と別れて、美佳と同居することにしたのだ。しかし、早くも愛人を作ったというから話にならない。

「いつか、自分だけを見てくれるなんて思っているなら、それは大きな間違いです」

真雪の語り口は物静かだが、内容は辛辣《しんらつ》だ。

それは経験者だからこそ言えることかもしれない。きっと夫が自分のもとに戻るのを待ちつづけていたのだろう。

（やっぱり、あのとき……）

ふと、はじめて会ったときのことを思い出す。

ビルの屋上に佇んでいた真雪は、ひどく淋しげだった。夫のことを信じたい気持ちがあったからこそ、あれほどショックを受けたのではないか。

そう思うと、健作の胸はチクリと痛んだ。

「あの人といっしょにいても傷つくだけよ」

「でも……」

「悪いことは言わないから、早く別れたほうがいいわ。それが、美佳さんのためだと思います」

真雪は親身になって語りかける。

その気持ちが伝わったのか、美佳はうつむいて黙りこむ。下唇を噛みしめる表情に苦悩が滲んでいた。

スマホの着信音が静寂を破った。

美佳はバッグからスマホを取り出して画面を見ると、表情を険しくする。そして、意を決したように電話に出た。

「もしもし……」

最初こそ感情を抑えて応対する。

健作と真雪は静かに美佳の様子を見守った。

スマホから男の声が漏れ聞こえている。はっきりわからないが「誤解」「おまえだけ」「帰ってこい」という言葉は聞き取れた。

「信じられるわけないでしょっ」

黙って聞いていた美佳が怒りを爆発させる。

「調子のいいことばかり言って、何人の女を騙《だま》してきたのよ。もう二度とかけてこないでっ」

きっぱり言いきると、美佳は一方的に通話を切った。

そして、こらえきれない涙を流す。号泣するわけではなく、顔をうつむかせて無言で肩を震わせた。

それを見て、真雪がカウンターのなかに戻る。そして、サイフォンをセットすると、コーヒーを淹れはじめた。やがて店内にいい香りがひろがり、張りつめていた空気が少しだけ和んだ。

真雪はカップにコーヒーを注ぐと、美佳の前に差し出した。

「どうぞ……」

たったひと言だが、相手を気遣うやさしい響きだ。

美佳が顔をゆっくりあげる。そして、頬を濡らす涙を拭うと、カップに手を伸ばした。

「おいしい……」

コーヒーを口にして、美佳がぽつりとつぶやく。

まだ瞳は潤んでいるが、それでも落ちこんではいなかった。なにかをやりきったように、どこか満ち足りた表情になっていた。

(そうだよ。真雪さんのコーヒーは最高なんだ)

健作は美佳が元気になってくるのを見て、誇らしい気分になった。

真雪の淹れたコーヒーを飲めば、健作も瞬く間に元気が出る。外まわりの営業で疲れたとき、仕事に失敗して落ちこんだとき、かつての同僚が出世をして惨めな思いをしたときも、真雪のコーヒーに助けられた。

この店の常連客はみんな知っている。真雪のコーヒーを飲むと、もう少しだけがんばってみようと思えるのだ。

（きっと、美佳さんも……）

なにしろ、真雪のコーヒーを飲んだのだ。

今はショックを受けていても、時間とともに立ち直る。そして、再び自分の足でしっかり歩んでいくに違いない。

「ごちそうさまでした」

コーヒーを飲み終わるころには、美佳の涙は乾いていた。

ひとりになれば、また悲しみがこみあげるだろう。そのときは、またここに来て真雪の淹れたコーヒーを飲めばいい。そうやって少しずつ日常を取り戻していくのだ。

美佳が帰ると、閉店時間の午後七時になっていた。

健作も手伝って店を閉める。今夜の予定はとくに決めていなかったが、真雪がすっと身体を寄せると腕を組んできた。

「たまには、健作さんの部屋に行きたいです」

「えっ、俺のところですか」

掃除が苦手なので、一度しか招いたことはない。しかし、甘えるように言われると、断ることはできなかった。

2

「ちょっと散らかってるかも……」

部屋に入るなり、健作は言いわけのようにつぶやいた。

家賃が安いのだけが取り柄のアパートだ。ワンルームで収納が少ないので、どうしても散らかってしまう。

部屋の奥の窓際にベッドがあり、その手前にローテーブルが置いてある。カラーボックスとテレビ、冷蔵庫に洗濯機とひととおりの物はそろっている。ローテーブルの上には、本や雑誌が積みあげられていた。

「いろいろ忙しくて……掃除してませんでした」

「そんなこと気にしませんよ。男の人のひとり暮らしだもの」

真雪はなにやら楽しげだ。

美佳と話して、意識を共有できたのがうれしかったらしい。同じ男に苦しめられたことで、仲間意識が芽生えたようだ。もしかしたら、ふたりは親友になるかもしれない。

真雪がベッドに腰かけて、部屋のなかに視線をめぐらせる。そして、ローテーブルに置いてある本を手に取った。

「世界のコーヒー豆……コーヒーのある生活、珈琲マガジン、おいしいコーヒーの淹れ方……コーヒーの本ばっかりですね」

「あっ、驚かそうと思ってたのに……」

健作が慌てたのは一瞬だけだ。見つかってしまった以上はごまかせない。もう開き直るしかなかった。

「じつは、コーヒーの勉強中なんです」

これまでは真雪に淹れてもらったコーヒーを飲むだけだったが、最近、本気で勉強をはじめた。

「いつか、真雪さんといっしょに喫茶店をやれたらと思って……でも、それにはしっかりした知識を身につけないと……だから、内緒で勉強していたんです」

「うれしい……そこまで考えていてくれたんですね」

真雪の表情がぱっと明るくなる。そして、瞳をキラキラと輝かせた。

「こっちに来てください」

「なにか飲み物でも——」

「今はいいです。それより、ここに座ってください」

自分のすぐ隣を手のひらでポンポンとたたく。そんな真雪の姿に惹きつけられて、健作もベッドに腰かけた。

「健作さんに会えてよかったです」

そう言って、真雪が寄りかかってくる。

あらためて言われると照れくさい。しかし、偶然の出会いが将来を夢見る仲に発展するのだから、人生とはなにが起きるかわからないものだ。

「ひとつだけ聞いてもいいですか」

ずっと心に引っかかっていることがある。

なんとなく聞きづらかったのだが、将来を本気で考えているからこそ確認しておきたい。そんな健作の真剣な空気を感じ取ったのか、真雪も表情を引きしめてうなずいた。

「あの日……俺と真雪さんがはじめて会った日のことなんですけど」

当時の光景を脳裏に思い浮かべる。

深刻な表情でビルの屋上に立っていた。景色を眺めていたと言っていたが、実際のところはどうなのだろうか。

「普通の状態には見えませんでした」

今にして思うと、やはり命を絶とうとしていたのではないか。そんな気がしてならなかった。

「わたしにも、わからないんです」

真雪は少し考えたすえ、ささやくような声でつぶやいた。

夫に平手打ちされて、気づいたときには屋上に立っていたという。ショックが大きすぎたのか、どうやって屋上まで来たのか記憶がないらしい。

「もしかしたら……危なかったのかも……」

「真雪さん……」

かなり追いつめられた状態だったに違いない。突発的に飛び降りる寸前だったのではないか。

「健作さんが来てくれなかったら、どうなっていたか……」

真雪はそう言って黙りこんだ。

いやなことを思い出させてしまったかもしれない。申しわけない気持ちになるが、あの日のことを確認しなければ前に進めない気がした。

「なんか、すみません……いやな話をして……」

すっかり雰囲気が重くなっている。せっかく真雪が来てくれたのに、悪いことをしてしまった。

「でも、おかげで健作さんと出会えました」

真雪の声は思いのほか明るい。健作が心配しているほど、本人は気にしていないのだろうか。

「わたしにとっては、健作さんと出会った思い出の日です。それに、今、気づいたんですけど、健作さんは命の恩人でもあるんですね」

「い、いや、そんなおおげさな……」

「おおげさではありません」

本気なのか冗談なのか、真雪は健作の目をまっすぐ見つめる。

「命の恩人には、お礼をしなければいけませんね」

「そんなこと、気にしなくても……」

「いえ、助けていただいたのだから当然のことです」

真雪は大まじめな顔で言うと、健作の頬にチュッと口づけした。

「なんでも言ってください。健作さんがわたしにしたいこと、なんでもしていいんですよ」

そう言われて、脳裏に妄想がひろがっていく。真雪が微笑みかけてくれるから、淫らなことしか浮かばない。

「本当に、なんでもいいんですか」

「はい。あなたのしたいこと、すべてしてください」

健作が念を押すと、真雪は満面の笑みでうなずいた。

3

「お風呂にいっしょに入るだけでいいのですか」

真雪が不思議そうに尋ねる。

すでに服を脱いで裸になっていた。乳房と股間をそれぞれ右手と左手で隠しながら、恥ずかしげに身をよじっている。頰を桜色に染めて、少し前かがみで内股になっている姿が牡の欲望を煽り立てた。

「はい、ぜひいっしょに入ってください」

健作は即答しながら服を脱ぎ捨てていく。

彼女の裸体を目にしただけでペニスは屹立して、先端がカウパー汁でしっとり濡れていた。

「さっそく行きましょう」

健作は彼女の手を取り、バスルームに向かう。

古いアパートだが、水まわりはリフォームされている。風呂とトイレは別になっており、建物の外観からは想像がつかないほど新しくてきれいだ。

ドアを開けてバスルームに足を踏み入れる。クリーム色の壁が照明の光を反射して眩しいくらいだ。ここだけはこまめに掃除をしているので清潔感がある。バスルームなら真雪を連れこんでも問題なかった。

「背中を流しますね」

真雪が遠慮がちにつぶやく。

振り返ると、慌てた様子で自分の身体を抱きしめる。部屋より明るいうえ、狭くて自然と距離が近くなるため羞恥が大きいようだ。そうやって恥じらう姿が愛おしい。

「いえ、俺が真雪さんの身体を洗うんですよ」

「えっ……」

真雪が不思議そうに首をかしげる。

「俺がしたいこと、していいんですよね」

「そうですけど……」

「では、まず軽く流しますね」

健作はシャワーヘッドを手に取ると、カランをまわして湯を出した。

「熱くないですか」

足もとにそっとかけて、湯温を確認する。

真雪がこっくりうなずいたので、足から順に全身をシャワーで流していく。そして、自分の体もさっと流して湯をとめた。シャワーヘッドを壁のフックに戻すと、今度はボディソープをたっぷり手に取って泡立てる。

「わたしは、なにをすれば……」

「真雪さんはなにもしないでください。俺が洗ってあげますから」

ふたりは向かい合って立った状態だ。健作は手のひらを彼女の肩に重ねて、やさしく撫でた。

「はンっ……」

真雪の唇から小さな声が漏れる。

「気持ちいいですか」

泡でヌルリッと滑る感触が心地いい。真雪は困惑の表情を浮かべて、視線を泳がせた。

「わ、わたしが、健作さんに……」

「こういうこと、真雪さんにやってみたかったんです。気持ちよかったら、声を出してもいいですよ」

肩から腕へと撫でおろし、泡をヌルヌルと塗りつける。さらに肘《ひじ》を通過して手に向かって滑らせる。

「はンンっ……くすぐったいです」

「でも、それだけじゃないでしょう」

真雪が敏感なのはわかっている。ボディソープを使った愛撫を施せば、いつも以上に感じると踏んでいた。

手の指の間まで、泡をじっくり塗りつける。指を一本いっぽん、丁寧に擦りあげると、真雪はせつなげな顔で腰をよじらせた。

（いいぞ、この調子だ……）

思いどおりの展開に、健作は思わず笑みを浮かべる。すると、真雪が甘くにらみつけてきた。

「健作さん、楽しんでいるでしょう」

「楽しんでますよ。だって、俺がしたいことしていいんですよね」

「そうですけど……ああンっ」

手のひらを脇腹に添えて、すっと撫であげる。とたんに真雪は眉を八の字に歪めて裸体をくねらせた。

「はあンっ、ダ、ダメです」

内股になり、今にも腰が砕けそうになっている。

そんな仕草も色っぽくて、健作はさらに脇腹を撫でまわす。手のひらで撫であげたかと思えば、指先で触れるか触れないかのフェザータッチに切りかえる。強弱をつけることで刺激に慣れさせない。

「あンっ、いじわるです、はあンっ」

「気持ちいいんですね。じゃあ、これはどうですか」

健作は彼女の反応に気をよくして、手のひらを乳房に移動させる。

たっぷりした曲線をやさしく包みこみ、ヌルリッ、ヌルリッと撫でまわす。先端の乳首は硬く充血しており、手のひらに擦れて転がった。

「あンっ、そ、そこは……」

「やっぱり、乳首が好きなんですね」

指先で乳首を摘まもうとするが、泡で滑って逃げてしまう。それでも、人さし指と親指で追いかける。そのたびに滑るのが、結果としてねちっこい愛撫になっていた。

「あっ……あっ……」

真雪の呼吸がどんどん乱れてくる。瞳はねっとり濡れて、腰の揺れも大きくなる。そして、ついには立っていられなくなり、健作の胸板に両手をついて倒れこんだ。

「ああンっ、も、もう無理です……」

弱々しい声でつぶやき、女体をビクビクと痙攣させる。真雪は肩をすくめて、頬を胸板にぴったり押し当てた。

「大丈夫ですか」

健作は女体をしっかり抱きとめると、両手を背中にまわして撫でまわす。泡が付着しているので、またしてもヌルヌルと愛撫する結果になった。

「はあンっ、もう許してください……」

「どうしてですか。気持ちいいんですよね」

指先で背すじをスーッと撫であげる。すると、真雪は身体を健作に預けたまま、腰を艶めかしく左右にくねらせた。

「はンっ、ああンっ、も、もう……」

真雪は反撃とばかりに、右手を健作の股間に潜りこませる。そして、いきなり太幹に指を巻きつけた。

「くおッ……」

突然の刺激に対処できず、思いきり声をあげてしまう。甘い刺激が股間から背すじを駆けあがり、我慢汁がドクッと溢れ出すのがわかった。

「今度はわたしの番ですよ」

真雪は濡れた瞳でつぶやくと、ボディソープを手に取って泡立てる。

ここで攻守交代するのも、おもしろそうだ。健作はあえてなにも言わず、真雪にまかせることにする。

「ふふっ、いきますよ」

なにやら真雪は楽しげだ。手のひらを健作の胸板に押し当てると、円を描くように撫ではじめる。

「おおっ、き、気持ちいいですね」

想像していた以上の快感だ。彼女の手のひらの柔らかさと相まって、ヌルヌルと滑る感触が心地いい。乳首の上を通過するときは、痺れるような快感が波紋のようにひろがった。

「くううッ」

健作が思わず唸ると、真雪はうれしそうに目を細める。そして、反応がよかった乳首を集中的に愛撫しはじめた。

「コリコリになっていますよ」

手のひらで撫でまわされたと思ったら、指先で摘まれる。だが、泡でニュルリッと滑るため、予想外に強い刺激が走り抜けた。

「くッ……そ、それは……」

「気持ちいいんですね。もっとしてあげます」

真雪は健作の反応を楽しみながら、左右の乳首を交互に刺激する。指先で摘まんでは、手のひらで転がすことをくり返した。

「ううッ、も、もう、そこは……」

乳首は痛いくらいに充血している。かつて経験したことがないほど、硬くとがり勃っていた。

「じゃあ、今度はこっちです」

真雪は楽しげにつぶやき、手のひらを胸板から下半身へと滑らせていく。臍のまわりを撫でてから、陰毛を擦ってさらに泡立てた。

（も、もしかして……）

自然と期待がふくれあがる。

彼女の指先が陰毛を撫でており、今にもペニスに触れそうだ。ただでさえ勃起している肉棒が、ますます硬く反り返った。

「ピクピクしていますす。触ってほしいですか」

真雪が陰毛を泡まみれにしながら、上目遣いにささやいた。

視線がからむことで、さらにペニスが硬くなる。すでに亀頭は我慢汁にまみれてヌラヌラと濡れ光っていた。

ところが、真雪はなかなか触れようとしない。指先は太腿へと滑り、さらには内腿に潜りこむ。しかし、竿にも陰嚢《いんのう》にも触れず、きわどい部分だけをなぞりつづける。

「ううっ……ま、真雪さん」

震える声で呼びかける。つい先ほどまで健作が責めていたのに、完全に主導権を奪われていた。

「我慢しなくてもいいですよ。健作さんのしたいこと、すべてしてあげます」

真雪のやさしい声が浴室の壁に反響する。陰嚢のつけ根をくすぐられて、欲望ばかりが膨脹していく。

「さ、触ってほしいですっ」

たまらなくなって懇願すると、真雪はうれしそうに「ふふっ」と笑う。そして、まずは泡だらけの手のひらで陰嚢を包みこんだ。

「おううッ」

温かい手でヌルッと撫でられるのがたまらない。下半身に震えが走り、屹立したペニスが大きく揺れた。

亀頭の鈴割れから、新たな我慢汁が大量に溢れ出す。トロトロと流れて竿を濡らし、さらには彼女の指に到達する。それでも、真雪はいやがることなく皺袋を撫でていた。

「すごく濡れていますよ」

「そ、それは……ま、真雪さんが触るから……」

「感じてくれているのですね」

真雪は弾むような声で言うと、太幹に指を巻きつける。そして、泡を塗りつけながら、ゆったりしごきはじめた。

「ううッ、き、気持ちいいっ」

もう声を抑えられない。スローペースの動きだが、焦らされた分だけ快感は大きくなる。またしても我慢汁が溢れて、射精欲が急激にふくれあがる。腰の震えがとまらなくなり、思わず背後の壁に寄りかかった。

「もう立っていられませんか」

真雪の口もとには微笑が浮かんでいる。呻く健作を見つめながら、指をゆったり滑らせていた。

「き、気持ちよすぎて……ううう ッ」

「それなら、ここに座ってください」

誘導されるまま、健作は浴槽に縁に腰かける。

すると、真雪は目の前で中腰になってキスをする。唇を重ねるなり、舌をヌルリと口内に差し入れた。

「うむっ……ま、真雪さん」

舌を吸いあげられて、頭の芯がジーンと痺れはじめる。

その間も、泡まみれのペニスをやさしくしごかれているのだ。快感が次から次へと押し寄せて、射精欲も急激に膨脹していく。

「硬い……すごく硬いです」

真雪も興奮しているのか、瞳をとろんと潤ませている。

愛おしげにペニスをしごき、ときおり硬さを確かめるようにキュウッと握りしめる。さらには敏感なカリ首を集中的に擦り立てる。張り出したカリを刺激されて、腰が大きく震え出した。

「ううッ……そ、それ以上されたら……」

「出してもいいですよ」

真雪がやさしくささやく。しかし、まだ射精はしたくない。

「ま、待ってください」

彼女の手首をつかんで、愛撫を中断させる。ペニスから引き剝がすと、とたんに真雪は淋しげな表情を浮かべた。

「気持ちよくなかったですか……」

「い、いえ……すごく気持ちよかったです」

健作は息を乱しながらつぶやく。実際、昇りつめる寸前まで昂り、全身汗だくになっていた。

「じゃあ、どうして……」

「出したら終わっちゃうじゃないですか。もっと長く、真雪さんのことを感じていたいんです」

思っていることを口にする。

言葉にすると照れくさくなるが、それが本心だ。すでに何度も身体を重ねているが、求める気持ちはどんどん強くなっている。少しでも長く、愛する人と触れ合っていたかった。

「健作さん……」

真雪の瞳が潤み、口もとに笑みが浮かんだ。

そして、真雪は昂る気持ちのままにキスをする。舌をからめると、健作の唾液をうれしそうに吸いあげて嚥下した。

「何回でも出していいんですよ。だから、遠慮しないでください」

やさしい声が耳に流れこみ、鼓膜をくすぐるように振動させる。

男として、これほどうれしい言葉があるだろうか。真雪は菩薩《ぼさつ》のような微笑を浮かべて、再び太幹に指を巻きつけた。

「で、でも、そんなに何回もできないから……」

「大丈夫ですよ。わたしにまかせてください。気持ちいいこと、たくさんしてあげます」

真雪は目を細めてささやき、ペニスをヌルヌルと擦りあげる。瞬く間に快感がひろがり、先端から透明な汁が溢れ出した。

「ううッ……」

「遠慮しないで、気持ちよくなってください」

ほっそりした白い指が、硬直した太幹の表面を滑っている。少しずつスピードが速くなり、快感がどんどん大きくなってくる。

「くうッ……ううッ」

「いいんですよ。好きなときに出して」

真雪のささやく声も興奮を煽る材料になる。我慢汁がとまらなくなり、腰が激しく震え出した。

「くううッ、も、もう出ちゃいますっ」

「出して、いっぱい出してください」

声をかけながらペニスをしごきあげる。健作の興奮に合わせて、カリ首の段差を集中的に擦り立てた。

「おおおおッ、で、出るっ、おおおッ、ぬおおおおおおおッ！」

快感の大波が押し寄せたと思ったら、一瞬にして全身の細胞が沸騰する。たまらず雄叫びを響かせながら欲望を解き放った。

真雪の手のなかで、ペニスが激しく脈動する。まるで間歇泉《かんけつせん》のように白濁液が噴きあがり、彼女の細い指を汚していく。頭のなかがまっ白になって、もうなにも考えられなくなった。

4

ザーメンを大量に放出して、健作は抜け殻のようになっている。

全身が溶けるかと思うほどの快楽だった。そのまま浴槽の縁にぼんやり腰かけていると、真雪がシャワーで股間を流してくれた。

しかし、絶頂の余韻に浸っている余裕はない。再び真雪の指がペニスにからみついて、ゆるゆるとしごきはじめた。

「うっ……イ、イッたばっかりだから……」

震える声で訴えるが、彼女は太幹から指を放さない。それどころか、目の前にひざまずき、亀頭にフーッと熱い息を吹きかけた。

「くううっ」

「もっと気持ちいいこと、してあげます」

そう言うなり、舌を伸ばして亀頭をヌルリッと舐めあげる。

「おううッ、い、今は……くうううッ」

絶頂直後で敏感になっているところを刺激されて、雷に打たれたような衝撃が突き抜けた。

「健作さんのここ、硬いままですよ」

萎える間もなく愛撫される。真雪の柔らかい舌が、亀頭の表面をヌルヌルと這いまわっているのだ。唾液を塗りつけては尿道口に吸いついて、ザーメンの残滓《ざんし》を吸いあげる。

「ううッ……す、すごいっ」

強烈な快感が脳天まで突き抜ける。我慢汁が溢れ出して、腰が小刻みに震え出した。

「こんなに逞しいなんて……ああっ、素敵です」

真雪はため息まじりにつぶやき、亀頭をぱっくり咥えこむ。柔らかい唇を太幹に密着させて、じりじりと滑らせる。

「おッ、おおッ……」

健作はもう唸ることしかできない。

一瞬たりとも愛撫が途絶えることはなく、次から次へと新しい快楽を送りこまれているのだ。全身の細胞が沸き立ち、目の前がまっ赤に染まっていく。大量に放出した直後なのに、もう我慢汁がとまらなくなっていた。

「はむっ……あふンっ」

真雪が顔を押しつけて、ペニスを根元まで咥えこむ。上目遣いに健作の顔を見あげているため、視線がからみ合うのも刺激になる。

(真雪さんが、俺のチ×ポを……)

股間を見おろせば夢のような光景がひろがっていた。

大きく開いた脚の間で、真雪がひざまずいて両手を内腿にあてがっている。そして、勃起したペニスを根元まで咥えこんでいるのだ。首をゆったり振りはじめれば、柔らかい唇が太幹を擦りあげて快感がひろがった。

「おおおッ……」

「ンっ……ンっ……」

真雪の鼻にかかった声もたまらない。口内で舌も使って、亀頭やカリの裏側を舐めまわしている。

「き、気持ち――くううッ」

健作が反応すると、その部分を集中的に愛撫する。そうすることで、瞬く間に射精欲がふくれあがった。

真雪の首を振るスピードが徐々に速くなり、唾液まみれになったペニスをリズミカルにしごかれる。硬くなった肉棒の表面を、柔らかい唇が何度も何度も往復する。そうやって健作の性感は追いこまれていく。

「も、もうっ……」

またしても絶頂が迫っている。全身が震えて、もう昇りつめることしか考えられない。

「はむっ……あふっ……はンンっ」

真雪が首を激しく振り立てる。しかも、一気に追いあげるつもりなのか、頬がぼっこり窪むほど吸茎した。

「おおおおッ、ま、また……おおおおッ」

唸り声をあげた直後、凄まじい絶頂の大波が轟音を響かせて押し寄せる。健作は瞬く間に呑みこまれて、無意識のうちに股間を突き出した。

「あうううッ」

真雪が苦しげな呻きを漏らす。ペニスの先端が喉の奥を突いたのだ。それでも吐き出すことなく、猛烈に吸い立てた。

「おおおッ、す、すごいっ、ま、またっ、くおおおおおおおおおッ！」

獣のような声を振りまき、沸騰したザーメンを放出する。真雪の口のなかでペニスが暴れまわり、目が眩《くら》むほどの快感が突き抜けた。

二度目だというのに、驚くほど大量の精液がドクドクと噴きあがる。そのすべてを真雪は口を放すことなく受けとめた。

「き、気持ちいいっ……ああっ、真雪さんっ」

全身がバラバラになりそうな快楽だ。健作は両手で浴槽の縁を強くつかみ、睾丸のなかが空になるまでザーメンを放出した。

「ンンンッ」

真雪は注ぎこまれる側から、粘つく粘液を嚥下していく。蕩けきった顔をしながら、さもうまそうに喉を鳴らしていた。

(最高だ……俺にはもったいないくらいだ)

愛する女性にペニスをチュウチュウ吸われて、健作はうっとりしながら幸せを噛みしめた。

5

ふたりは仲よく浴槽に浸《つ》かっている。

健作が脚を大きく開いて、その間に真雪が座って背中を預ける格好だ。彼女の身体に両手をまわして密着していた。

「真雪さん……すごくよかったです」

耳もとでささやくと、真雪はくすぐったそうに肩をすくめる。そして、微笑を浮かべながら振り返った。

「健作さんが気持ちよくなってくれて、わたしもうれしいです」

まるで天使のような女性だ。

これほど尽くしてくれる人は、そうそういないのではないか。自分と釣り合っていないようで気後れしてしまう。

「どうして、そこまでしてくれるんですか」

素朴な疑問を口にする。

幸せすぎて不安になってしまう。正直、自分はそこまでしてもらえるような男ではない。妄想がふくらんで、夢を見ているだけではないか。そんな気がして怖くなる。

「健作さんは、心のやさしい人です。健作さんに出会えたこと、神さまに感謝しているんです」

「そんな、おおげさな……」

「本気で言っているのですよ。だって、あの日、ビルの屋上に来てくれたの、健作さんだけだったじゃないですか」

あの日とは、ふたりが出会った日のことだ。

「確かにそうですけど、みんな気づかなかっただけじゃ――」

「健作さんは電車の窓からわたしのことが見えたのだから、ほかにも気づいた人はいるはずです」

そう言われてみると、そんな気がする。

満員電車の窓から外を眺めている乗客はたくさんいる。みんな見て見ぬ振りをしていたのかもしれない。他人にかかわっている余裕がないほど、忙《せわ》しない生活を送っているのだろうか。

「そんな健作さんに求められるのがうれしいんです」

真雪が振り返り、熱い瞳で健作の目を見つめる。

「わたしは健作さんに助けられました。だから、健作さんがしたいこと、すべてしてあげたいんです」

視線が重なり、彼女の気持ちが胸に流れこむ。ふたりの心がひとつに溶け合っていくのがわかった。

「真雪さん……俺……」

健作がつぶやくと、彼女はこっくりうなずく。そして、浴槽のなかで尻を浮かして、ペニスをそっと握った。

二度も射精したのに、またしても勃起していた。

真雪と触れ合っているだけで元気になってしまう。睾丸のなかは空になったと思っていたのに、まだまだできそうな気がする。

「硬いです……挿れたいのですね」

真雪が恥ずかしげにささやいた。

もはや健作は、欲望を口にする必要はない。真雪は亀頭を膣口に導き、尻をゆっくり落としはじめる。ペニスの先端が女陰を押し開いてヌプリッとはまり、そのまま女壺のなかに埋まっていく。

「ああッ……健作さんが入ってきます」

「ま、真雪さんのなかに……ううッ」

女壺のなかは燃えるように熱くなっている。ペニスを包みこむと、まるで意志を持った生き物のようにうねりはじめた。

「おおッ、す、すごい……」

「ああンっ、わたしも、気持ちいいです」

真雪が濡れた瞳で振り返る。視線をからめた状態で腰をゆったり揺すれば、すぐに快感がふくれあがる。

「あッ……あッ……」

艶めかしい声が浴室の壁に響きわたる。浴槽の湯が大きく揺れて、縁からザブザブこぼれていた。

「ううッ……すごく気持ちいいです」

健作は唸りながら両手で乳房を揉みあげる。

ふくらみに指をめりこませると、柔らかさをじっくり堪能する。さらには先端で揺れる乳首を摘まんで、クニクニと転がした。

「あああッ、い、いいっ」

真雪の唇から甘い声がほとばしる。

欲望をためこんでいたのか、女体が顕著に反応する。腰を大きくよじらせて、ペニスをこれでもかと締めあげた。

「くううッ、す、すごいっ」

たまらず、ピストンを開始する。両手で真雪の脚を抱えて、女体を上下に揺すりながら、健作は股間を跳ねあげる。ペニスを深い場所まで埋めこみ、女壺のなかをかきまわした。

「あッ、あああッ、け、健作さんっ」

もう真雪も飾ることはない。絶頂を求めて身をよじり、自ら気持ちいい場所にペニスを当ててくる。尻を大きく弾ませて、快楽を貪りはじめた。

「おおおッ、気持ちいいっ、おおおおッ」

絶頂が迫っているのを感じながら腰を振る。ペニスを突きこむたびに、蕩けるような快感が大きくなってくる。背後から女体を抱きしめて、欲望のままに男根をスライドさせる。

「はあッ、も、もうっ、あああッ」

真雪の喘ぎ声が切羽つまり、腰がガクガクと震えはじめる。膣も猛烈に収縮して、今にも昇りつめそうだ。

「お、俺も……おおッ、おおおッ」

雄叫びをあげながら、ラストスパートの抽送に突入する。

ふたりは息を合わせて腰を振り、桃源郷《とうげんきょう》の頂《いただき》を目指して駆けあがる。男根と女壺がひとつに溶け合ったような錯覚のなか、ついに最後の瞬間が訪れた。

「おおおッ、で、出るっ、真雪さんっ、くおおおおおおおおッ！」

「はああッ、い、いいっ、気持ちいいのっ、イクッ、イクううッ！」

健作がザーメンを噴きあげるのと、真雪がアクメのよがり泣きを響かせるのは同時だった。

真雪が歓喜の涙を流しながら振り返る。健作がすぐさま唇を重ねれば、ふたりは舌を深くからめ合った。

「真雪さん……ずっと、いっしょにいてください」

ディープキスを交わしながら語りかければ、真雪は新たな涙で頬を濡らす。そして、何度も何度もうなずいた。

「離さないで……ずっと離さないでください」

女壺が強く締まり、根元まで埋まったままの男根を絞りあげる。またしても快感がひろがり、健作は真雪の身体をしっかり抱きしめた。

＊この作品は、イースト・プレス悦文庫のために書き下ろされました。

イースト・プレス
悦文庫

あなたのしたいこと、すべて

葉月奏太《はづきそうた》

2022年3月22日 第1刷発行

企　画 松村由貴(大航海)
発行人 永田和泉
発行所 株式会社 イースト・プレス
〒101-0051
東京都千代田区神田神保町2-4-7 久月神田ビル
電　話 03-5213-4700
FAX 03-5213-4701
https://www.eastpress.co.jp

印刷製本 中央精版印刷株式会社
ブックデザイン 後田泰輔(desmo)

本書の全部または一部を無断で複写することは著作権法上での例外を除き、禁じられています。

乱丁・落丁本は小社あてにお送りください。送料小社負担にてお取替えいたします。

定価はカバーに表示してあります。

© Souta hazuki 2022, Printed in Japan

ISBN978-4-7816-2058-9 C0193